曼哈顿的
小红帽

［西班牙］卡门·马丁·盖特
（Carmen Martín Gaite）著

张 煦 译 / 朱景冬 校订

Caperucita en Manhattan

漓江出版社

GOBIERNO DE ESPAÑA · MINISTERIO DE EDUCACIÓN, CULTURA Y DEPORTE

© Herederos de Carmen Martín Gaite, 1990, 1998
© Ediciones Siruela S.A., 1998, 2009
Simplified Chinese rights arranged with Ediciones Siruela S.A. through SINICUS SL
桂图登字：20-2014-120

图书在版编目(CIP)数据

曼哈顿的小红帽 /（西）盖特著；张煦译. —桂林：漓江出版社，2015.1
（2018.11重印）
ISBN 978-7-5407-7390-8

Ⅰ.①曼… Ⅱ.①盖…②张… Ⅲ.①童话-西班牙-现代 Ⅳ.①I551.88
中国版本图书馆 CIP 数据核字（2014）第279414号

曼哈顿的小红帽
MANHADUN DE XIAOHONGMAO

作　　者：〔西〕卡门·马丁·盖特
译　　者：张　煦
校　　订：朱景冬

出 版 人：刘迪才
出 品 人：符红霞
策划编辑：陆　源
责任编辑：陆　源
助理编辑：孙静静　林培秋
责任校对：王成成
装帧设计：周伟伟
责任监印：周　萍　黄菲菲

出版发行：漓江出版社有限公司
社　　址：广西桂林市南环路22号
邮　　编：541002
发行电话：0773-2583322　　010-85893190
传　　真：0773-2582200　　010-85890870-814
邮购热线：0773-2583322
电子信箱：ljcbs@163.com
网　　址：http://www.lijiangbook.com
印　　制：三河市西华印务有限公司
开　　本：880×1230　　1/32
印　　张：6　　　　　　　　　　字　　数：117千字
版　　次：2015年1月第1版　　印　　次：2018年11月第4次印刷
书　　号：ISBN 978-7-5407-7390-8　　定　　价：35.00元

目录

上篇　自由之梦

一　有趣的地理资料和萨拉·艾伦登场　/　003

二　奥雷里奥·隆卡利和图书王国、法尔法尼亚　/　011

三　曼哈顿的常规旅行、草莓蛋糕　/　028

四　葛洛丽亚·斯塔的回忆、萨拉·艾伦的第一笔钱　/　042

五　中餐馆里的生日聚会、约瑟夫叔叔之死　/　058

下篇　历险记

六　卢娜蒂奇小姐登场、拜访奥康纳检察官　/　071

七　蛋糕之王的财富、耐心的格里格·门罗　/　084

八　卢娜蒂奇小姐和萨拉·艾伦相遇　/　099

九　巴托尔迪夫人、一次失败的电影拍摄　/　110

十　歃血为盟、地图上关于前往自由女神岛的资料　/　126

十一　中央公园的小红帽　/　139

十二　彼得的梦想、巴托尔迪夫人的水下通道　/　151

十三　快乐的结局，但还没有结束　/　167

译后记　/　178

献　词

献给胡安·卡洛斯·埃基略尔，以感谢他在那个可怕的夏末，为迷失在曼哈顿的小红帽和我做了口对口的人工呼吸。

卡·马·盖

三个阶段

斯芬克司①问：
"早晨四条腿走路
中午两条腿走路
晚上三条腿走路
这是什么？"
俄狄浦斯②答："是人。"

译者注：

① 斯芬克司：古希腊神话中的人面兽身怪物，坐在忒拜城附近的
悬崖道路上向路人提出上面那个谜语，答不上来的人会被其
吃掉。后来俄狄浦斯经过，答对了问题，使其坠崖而死。

② 俄狄浦斯：古希腊神话中的忒拜王子，雅典三大悲剧作家之一
索福克勒斯（约前496—前406）代表作《俄狄浦斯王》的主
人公，因答对了怪物斯芬克司的问题得以为民除害，但他在
不知情的情况下弑父娶母，最后只得自毁双目以赎其罪。

上篇　自由之梦

　　有时候我觉得梦是真的，我身边发生的事都是曾经梦到过的……另外，曾经发生过的事由于没有在任何地方被写下来，最后就被忘记了；相反，被写下来的事就永远像曾经发生过一样。

　　　　　　　　　　——爱莲娜·佛尔敦《赛丽亚上学记》①

---

　　① 爱莲娜·佛尔敦（Elena Fortún，1886—1952），原名恩卡尔纳西翁·阿拉贡内斯·乌尔基霍（Encarnación Aragoneses Urquijo），西班牙著名儿童文学女作家，其代表作为《赛丽亚》系列小说，《赛丽亚上学记》是该系列作品中的第二部。

一

有趣的地理资料和萨拉·艾伦登场

　　纽约城从地图上看起来总是显得很乱，整个就是一团糟。城市由几个不同的区组成，在交通地图上分别用不同的颜色标出，当然其中最著名的就数曼哈顿了。它不仅要给其他的几个区立规矩，还让它们显得既渺小又黯然失色。曼哈顿在地图上通常用黄色来标识。它经常出现在各种旅游指南、电影和小说当中。很多人以为曼哈顿就是纽约，尽管它只是纽约的一部分，很特殊的一部分，这是肯定的。

　　曼哈顿是个形状像火腿一样的岛，中间有一块叫作中央公园的菠菜蛋糕。晚上在这个被拉成长条的公园里散步可是一件很刺激的事情，你会因为害怕而时常躲到树后头，好避开四处游荡的小偷和杀手，但又忍不住要探出头来偷偷观望公园两侧闪闪发光的广告牌和摩天大楼，它们就像点燃的蜡烛一样，组成队列插在菠菜蛋糕两侧，以庆祝某位国王一千岁的生日。

不过大人们总是坐在黄色出租车或者是漆皮大车里匆匆穿过公园，脸上看不到一丝喜悦，一边想着自己的生意，一边焦急地看着手表，因为到某地赴约马上就要迟到了。孩子们是最享受这种夜间冒险的，因为他们平日经常被教训说晚上出门如何危险，所以总是被关在家里看电视，用遥控器不停地换台，除了跑来跑去躲躲藏藏的人影什么也没看见，直到困意袭来，哈欠连天。

曼哈顿是河流环绕的一个岛，中央公园右侧横向的街道到了东河就打住了，因为这条河在东边，所以这么叫。而左侧的街道终止于另一条河：哈德逊河。这两条河自上而下将曼哈顿合抱在当中。东河上有几座桥，连接着曼哈顿和其他几个区，其中最复杂、最神秘的要数布鲁克林大桥，这座著名的大桥通向与之同名的布鲁克林区。布鲁克林大桥是最后一座，也是最南端的一座，这里总是很堵车，桥上装饰着彩带一样的串灯，从远处看就像狂欢舞会上的彩灯一样。每当天空泛起紫红色光线的时候，它们就会点亮，不过那个时候孩子们已经坐着校车回到家里被关起来了。

在火腿的下方，两河交汇处有一个小岛，岛上有一尊绿莹莹的巨大金属雕像，手中举着火把，一直窥视着曼哈顿，来自世界各地的游客都要来这里拜访她。这就是自由女神，她在那儿就像圣人住在她的圣殿里一样。到了晚上，她会对一天当中摆了无数次的这个造型感到厌倦，趁着没人注意睡上一觉，这个时候就会发生奇怪的事情。

　　住在布鲁克林区的孩子们晚上可不一定都睡觉。他们觉得曼哈顿是世界上最近却又最像外国的地方，而他们自己的社区就像一个失落的村庄，在那里什么也不会发生。他们感觉像是被水泥和粗俗的东西混合而成的重云压扁了一样，总梦想着踮起脚尖悄悄地穿过布鲁克林大桥，跑到对面那个闪闪发光的岛上去。在他们的想象中，那里的人们都不睡觉，在挂满镜子的房间里跳舞，玩打弹子，坐着金黄的车子跑来跑去，生活中充满了冒险和神秘。另外，在自由女神闭上眼睛的时候，她会把手中的火炬传给布鲁克林区不睡觉的孩子们，让他们替她守夜。不过这件事情没人知道，是个秘密。

　　萨拉·艾伦也不知道这个秘密，她是个脸上长着雀斑的十岁女孩，和爸爸妈妈一起住在布鲁克林中心一座很难看的居民楼的十四层。她只知道爸爸妈妈什么时候会丢出黑色的垃圾袋子，然后刷牙，关灯，全世界的灯光会像礼花的光轮一样在她的脑中开始转动。有时候她会感到害怕，因为那种力量好像会让她从床上升起来，从窗户里飞出去，而她根本没办法避免。

　　她爸爸塞缪尔·艾伦先生是一个水管工。她妈妈薇薇安·艾伦夫人每天白天都到一个铁栅栏围着的红砖房医院里照顾那里的老人。回到家以后，她总要小心翼翼地把双手洗干净，因为它们闻起来老是有一股药味。然后她就把自己关在厨房里做蛋糕，这可是她生活中最大的乐趣。

她最得意的作品是草莓蛋糕，这是她真正的拿手好戏。她说这是为了庆祝重要节日特别制作的，但其实不是这么回事，她太喜欢看到自己的作品完成了，最后把这当成了她日常的癖好，所以她总能凭借自己的记忆在日历上把某一天当成某个纪念日。艾伦夫人对自己的草莓蛋糕非常得意，所以不管哪位邻居太太找她要配方她都不愿意给。有时候实在被她们磨得没办法了，她也会把配方里面粉或者糖的分量改掉，好让她们的蛋糕不是烤干就是烤煳。

"等我死了，"她冲着萨拉坏坏地挤了下眼睛，说道，"我会把真正的配方写在遗嘱里，好让你以后能给你的孩子们做草莓蛋糕。"

"我才不要给我的孩子们做什么草莓蛋糕呢！"萨拉心想。因为她每到星期天、生日和各种宗教节日就会尝到这个味道，早就烦了。

但是她不敢跟妈妈说，也不敢说她从来没想过要孩子，并且也不想用花楞棒、奶嘴、小孩衣服、小蝴蝶结什么的打扮她们。她最大的愿望是当演员，每天吃着牡蛎，喝着香槟，买着白鼬鼠皮领子的大衣，她外婆丽贝卡年轻时就有那么一件，当时她穿着那件衣服照的照片就插在她家相册的第一页，这才是唯一让她着迷的生活。在其他几乎所有的照片里，全都分不清谁是谁，他们不是围坐在野外的方桌布周围，就是围坐在饭厅的桌子旁边，庆祝一个想不起来的节日，其中唯

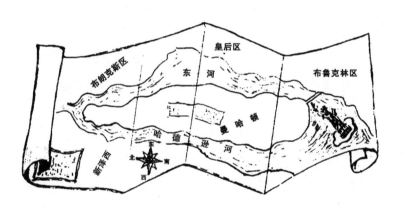

一的共同点是都有蛋糕，不是混在一堆食物中间的蛋糕块，就是一个整个的蛋糕。小姑娘早就看厌了这群微笑的吃货，因为他们的脸长得都跟蛋糕似的。

艾伦夫人的妈妈丽贝卡·利特尔曾经结过好几次婚，当过"音乐厅"歌手。她的艺名叫葛洛丽亚·斯塔①。萨拉曾经在外婆给她的节目单里看到过这个名字。丽贝卡把那些节目单锁在一个有波浪纹盖子的家具里，不过她现在已经不穿白鼬鼠皮领子的大衣了。她独自一个人住在曼哈顿，在火腿的上半部分一个叫作莫宁赛德②的穷人街区。她特别喜欢喝梨子酒，抽细叶香烟，有一点健忘，但不是因为岁数太大，而是因为太长时间不讲故事了，记忆有点生锈。这个葛洛丽亚·斯塔，过去是很能讲的，不过现在没人爱听她讲了，她有的是故事，其中有些是编的。

她的女儿艾伦夫人和外孙女萨拉每周六都会去看望她，替她归置屋子，因为她自己既不喜欢打扫卫生也不喜欢收拾东西。她整天除了看小说就是用她那架走了音儿的黑钢琴弹几首狐步和布鲁斯舞曲，所以家里到处都是报纸、没挂的衣服、空瓶子、脏盘子，烟灰缸里插满了一个星期抽的烟头。她有一只白色的、慢吞吞的懒猫叫克劳德，成天趴在一张绿色天鹅绒面的沙发上睡觉，只有在主人弹钢琴的时候才会睁开眼睛，所以萨拉觉得外婆弹钢琴就是为了让这只猫醒来，跟她交流一下。

外婆从不到布鲁克林来看他们，也不打电话。艾伦夫人时常抱怨，嫌她不愿意搬过来和他们一起住，不让她照顾她、给她吃药，就像她照顾医院里那些老头老太太一样。

"他们说我是守护天使，没人推轮椅比我更小心的了。唉，真是命苦啊！"艾伦夫人叹息道。

"我就不明白了，你不是说你喜欢这工作吗？"艾伦先生打断她。

"是啊。"

"那你还苦什么？"

"我是想，连素不相识的病人都比我亲妈还喜欢我，她根本就用不着我。"

"那是因为她没病"，艾伦先生反驳道，"还有，她不是跟你说过好多次她喜欢自己单住吗？"

"她是跟我说过。"

"那就随她去呗。"

"我是怕有人抢劫她，或者出什么事。她可能会犯心脏病，晚上忘记关煤气，摔倒在走廊里……"艾伦太太说，她总预感要大祸临头。

"她能出什么事！你看着吧，她什么事也出不了，"他说，"那位能把咱们全都熬死，好个刁婆子！"

艾伦先生总是管他丈母娘叫"那位"。他瞧不起她，因为她曾是"音乐厅"歌手；她也瞧不起他，因为他是个管道工。萨拉对家里这样那样的事情都知道得很清楚，因为她的房间和她爸妈的房间只隔着一道薄薄的隔断墙，而她总是比他们睡得晚，所以有时能听到他们半夜吵架。

每当艾伦先生提高了嗓门说话，他老婆就会说：

"别那么大声，山姆，萨拉会听见的。"

这是萨拉幼年时期印象最深的一句话。在那个时候（比现在还厉害），她就养成了透过隔断墙偷听父母对话的习惯。

特别是当对话中出现奥雷里奥这个名字的时候更会引起她的注意。在童年那些惶惑不安的失眠之夜，她经常梦见这位奥雷里奥先生。

译者注：

① 葛洛丽亚·斯塔：Gloria Star，意为"荣耀之星"。

② 莫宁赛德：Morningside，曼哈顿西北部的一个社区，也可译为"晨边高地"。

二

奥雷里奥·隆卡利和图书王国、法尔法尼亚

萨拉从很小的时候起就学会独自阅读了，而且她觉得这是世界上最有趣的事情。

"她可真聪明，"丽贝卡外婆说，"我还从来没见过哪个小女孩在这么小的时候，在学会走路之前就能把话说得像她这么清楚。她应该是唯一的。"

"是啊，她是聪明，"艾伦夫人答道，"不过经常问些个怪问题，都是一般三岁孩子问不出来的。"

"举个例子，都问什么？"

"像什么是死，您瞧瞧，什么是自由，什么是结婚，我一个邻居说最好找个精神病大夫给她看看。"

外婆笑起来。

"找精神病大夫什么的实在太愚蠢了！对付孩子最好的

办法就是他们问什么你就答什么，如果你不想说出真相，是因为可能你自己都不知道真相，那就给他们讲个听起来像真事儿的故事好了。把她带我这儿来，我给她讲讲什么是结婚，什么是自由，我能好好开导她一下。"

"我的天啊，您就不能说点正经的，妈妈！真不知道您到什么岁数才能变得有点正形儿。"

"我是永远不可能的，有正形儿最烦人了。说真的，哪个礼拜天你把萨拉带到我这来吧，或者我们去看看她，奥雷里奥想认识她呢。"

奥雷里奥是当时和外婆住在一起的先生，但萨拉从来没见过他。她知道他在圣约翰神明大教堂①附近开了一家卖旧书和旧玩具的店铺，有时候他会托艾伦夫人送给萨拉一些礼物。比如说一本儿童版《鲁滨孙漂流记》②，还有一本《爱丽丝漫游仙境》③和一本《小红帽》④。这是萨拉最早拥有的三本书，尽管她那时候还不太会读。但是书里的图画都画得非常细致，非常难得，她不仅可以通过这些画认清故事里的人物，还可以幻想在图画里的风景下发生的属于她自己的不同历险，尽管可能没有那么不同。因为最主要的冒险就是在那个世界里只有他们自己，既没有妈妈也没有爸爸会牵着他们的手，向他们发出警告，不许这不许那。在水里、在空中、在森林里，只有他们自己，自由自在。他们可以和动物们说话，这在萨拉看来是理所当然的。爱丽丝可以改变大小，在梦中她自己也可以。鲁滨孙先生独自生活在岛上，和自由女神一样的。

所有的事情都和自由有关。

在萨拉学会阅读之前，她喜欢在故事中增添一些内容，编一个不同的结尾。她最喜欢的一幅插图是小红帽和狼在林间一片空地上见面那张，占整整一页，让她看起来没够。画中的狼有一张善良的脸，实在是太讨人喜欢了，当然，小红帽对它非常信任，脸上带着迷人的微笑。萨拉也信任它，觉得它一点也不可怕，这样和蔼可亲的动物是不会去吃任何人的，结局是错误的。爱丽丝的结尾也不对，最后说一切都是一场梦，干吗要这么说呢？鲁滨孙最后也不该回到文明世界去，他在岛上生活得多快乐啊。萨拉唯一不太喜欢的就是结尾。

艾伦夫人从奥雷里奥那里带回来的另一件礼物是一张曼哈顿地图，那是一份绿色的册子，里面包括很多说明和一些图。爸爸帮萨拉打开了地图，并且给她讲解，她搞清楚的第一件事是，曼哈顿是一个岛。她看了好半天。

"这形状像个火腿。"她说。

这可把艾伦先生逗坏了，他跟自己所有的朋友都讲了一遍，他们也觉得特有意思，于是这成了一个约定俗成的说法。"不，伙计，那地方在火腿上边，就像塞缪尔家的丫头说的一样。"她爸爸星期天带她去见朋友的时候，认识她的人就会向其他人介绍她是"发明火腿的丫头"。萨拉可不是因为好玩才这么说的，她觉得他们老拿这个取乐很烦人。事实上，她爸爸的这帮朋友见着什么都笑，实在很傻，而且只知道聊棒球。在她的心目中，奥雷里奥完全是另外一个样子。

她无数次地想着他，混杂着那些人物从我们灵魂深处激发出的热情和好奇，我们从来没跟他们讲过话，但一直听到他们的传奇。比如《爱丽丝漫游仙境》里的疯帽匠⑤，比如自由女神像，比如上了孤岛的鲁滨孙。唯一的区别在于，爸爸妈妈的对话中从来不会提到这些人物，但是却会提到奥雷里奥，而且经常提。

"但是奥雷里奥是谁呢？"她问妈妈，尽管对从她那里得到满意的答案没抱什么希望，因为她给的答案从来不会让她满意。

"你外婆的丈夫。"

艾伦先生听到以后笑了起来。

"是啊，是啊，丈夫。人家管什么东西都叫丈夫。"

"那他是我外公？"

艾伦夫人给了艾伦先生一肘，拧着眉毛扮了个怪相，表示她想换个话题。

"别往孩子脑袋里灌输这些乱七八糟的东西，山姆！"她抗议道。

"那他到底是不是我外公呢？"

"当然了，他对你外婆就像对待女王一样，"他说，"就像对真正的女王一样。莫宁赛德的国王们！"

"别理你爸爸，他就会开玩笑，你知道的。"艾伦夫人打断他。

萨拉当然知道，不过她从来听不懂大人的玩笑，因为总是没头没尾的，最没劲的是他们总是用玩笑来回答她提出的问题，可是她才不想被他们取笑呢。

　　不管怎样，奥雷里奥对待外婆像对待女王的消息为萨拉的想象提供了依据。当然，他是个国王，对她来说这已经不需要证明了。她在自己的故事里创造了一个由他统治的王国，一个他们不让她去的地方。

　　奥雷里奥·隆卡利的旧书店叫作布克斯王国⑥，或者叫图书王国。王国的徽章表现的是一本打开的书上有一项国王的王冠，这个标志被印在每本书的第一页上。萨拉特别想去那个书店，但他们从来不带她去，说是太远了。在她的想象中，那是个小小的国家，有很多阶梯和拐弯，还有小房子，隐藏在各种颜色的书架中间，那里住着一些长着翅膀、戴着尖帽子的小精灵。奥雷里奥先生知道他们住在那里，也知道他们只在晚上活动，要等到他离开，并且关掉所有的灯之后才会出来。不过关灯对他们没有影响，因为他们会在黑暗中发出磷光，就像萤火虫一样。他们还会分泌一种蛛丝一样的东西，也是发光的，他们把这些亮丝挂在一个书架和另一个书架之间，用来连接王国的一个区和另外的区。他们钻进书本的每一页中间，讲着画出来和写出来的故事。他们的语言是一种类似于爵士乐的嗡嗡声，不过更像是窃窃私语的那种。想要生活在图书王国，唯一的条件就是会讲故事。

　　萨拉一边编着故事一边想象着自己也生活在布克斯王国

里，尽管她得像爱丽丝一样把自己变小，她突然注视起家里的墙来。其实她住在布鲁克林区，从没有离开过那个家。当她从梦幻中醒来，从仙境的云端跌落之后，便冒出一些现实的问题。比如，那个会发光会讲故事的小矮人部落的国王为什么要送她礼物？为什么自己不能去见他，既然她的父母经常说起他，而且好像认识他的样子？为什么他不亲自来给她送书？他是高是矮？是老是少？最重要的是，他是她的朋友吗？

"他不是你外公，你最好给我记住喽！"她妈妈有一天这样说道，当时她又被萨拉提出的问题噎得受不了。

为了说服萨拉，她去把家庭相册找了出来，指着第一页上的一张模模糊糊的照片给她看，照片上有个穿白衣服的高个美女，挎着一个比她矮小的男人的胳膊，那人用惊恐的表情看着相机镜头。

"看好了。这是你外公伊萨克，已经长眠了。或者说是我的爸爸，她是我妈妈，明白了？"

"没太明白。"萨拉说，显得对此没什么兴趣。

"到此结束。他们是你外公外婆，句号。"

亲属关系之类的事情对于萨拉来说挺奇怪的，她觉得很烦，不像其他的事情那样能引起她的好奇，所以她发自内心地觉得奥雷里奥是不是她外公其实都一样。

莫宁赛德是曼哈顿的一个街区，就像先前提到的那样，位于曼哈顿北部，在火腿的上半部分。萨拉出生之前，外婆也住在曼哈顿，但是在南部，就在东河岸边。萨拉已经听惯了妈妈满怀眷恋地谈起那个家，她单身的时候就住在那里，并把那里称作"C大街的家"。她好像很怀念那里，特别是因为那里离布鲁克林比较近，去一趟能比去另一边省时间。不过除此之外关于那个家的其他特征她却只字未提，让人搞不清那里是漂亮还是难看。

就在萨拉快要出生的时候——她是在她父母结婚三年后来到这个世界的——丽贝卡外婆就和她那个神秘的丈夫，或者随便叫什么的那个人搬到了莫宁赛德区，就在离那个旧书店不远的地方。这是萨拉唯一认识的外婆的家，当时她的童年才刚刚开始。在奥雷里奥的时代，他们几乎没有带萨拉去过那里，甚至连艾伦夫人也很少去。当小孩子刚刚学会阅读和梦想的时候，陌生的世界总是被魔法环绕着，所以对萨拉来说，莫宁赛德区是一个既遥远又虚幻的地方，圣约翰神明大教堂是座壮丽的城堡，从曼哈顿家中的窗户里可以看到被拉成长条的偏僻公园，那是个小说中的家。

当然，聪明的萨拉那个时候还没有读过小说，不过当她后来读过小说之后，回想起自己还是小孩子的时候，就把莫宁赛德的家当成小说中的家了。

她最早的童年幻想就是围绕着"莫宁赛德"这个名字编织的，因为对她来说这个词读起来非常美妙，就像小鸟扇动翅膀一样，而且它的意思是"晨边高地"，这也很美。除此之外，那里，就在晨边高地，还住着奥雷里奥和丽贝卡，两个跟塞缪尔·艾伦和他夫人完全不同的人，很难想象他们是亲人。或者说他们是两个小说中的人物，因为小说中——就像萨拉后来才知道的那样——没有普通人。

不管怎么说，当外婆和莫宁赛德图书王国的国王住在一起的时候，尽管艾伦先生经常拿他们开玩笑，但对待他们两个比他妻子还要热情，这还真少有。至少他尊重他们的习惯，不去评判他们，也不会为他们的事焦躁不安，让他们过自己的生活。他只是管他们叫"莫宁赛德人"。

"今天早上莫宁赛德人往水管公司给我打电话了。"某天晚上，在进餐的时刻，他说道。

而艾伦夫人正相反，她只要一听到有人提起"莫宁赛德人"就会进入一种紧张到抽搐的状态，于是一连眨了三次眼。

"哎哟，那为什么不往这儿打？"

艾伦先生仍然平静地吃着饭，看着电视，或者说两件事一起做。

"你跟我说这干吗，丫头？也许给你打了，你这儿占线呢。那不是你妈吗？你去问她不就得了。可能是你老跟教训小孩子一样教训人家，人家烦着呢。"

"她就是像个小孩子。"

"好啊，我不像小孩子吧，你不也教训我吗？谁都烦你唠叨。"

"好吧，他们想干吗？"

"说是她今天下午要去奈阿克⑦演唱，可能已经去了。要

在那儿待两天。"

葛洛丽亚·斯塔的名号在一些三线的娱乐场所还是有人认的，所以偶尔还会有人请她去，在老钢琴的伴奏下唱几支蓝调歌曲。

"天啊！"艾伦夫人叹息道，"我说她不愿意跟我说呢，当然了，她肯定知道我会说什么。"

"那你就不能啥也不说吗？这跟你有什么关系？"艾伦先生说，"她爱唱就让她唱去呗，如果连他都不管她的话，说到底只有他有权管她。"

"等到他受不了她的时候，他已经快这么觉得了。等她失去这个人的时候，以她这个年纪再也找不到一个像这样的了。我是真怕我妈变老，塞缪尔，我跟你说真的。"

"我可不会，每个人对生活都有自己的理解，你就由着莫宁赛德人去吧。"

萨拉在只有几岁的时候，记得只去过莫宁赛德的家三四次。

那时候还没有克劳德猫，一进门的地方有一个带镀金狮子头挂钩的衣帽架。来开门的总是一个黑人女佣，她块头很大，总穿着短袖，哪怕是在冬天。她的名字叫萨丽。

萨拉记得，她第一次见到外婆就是在莫宁赛德的家里，给她留下印象最深的是外婆显得比妈妈还要年轻，当时她穿着绿色绸子的衣服坐在梳妆台前，梳妆台有三面镜子，上面摆满了亮闪闪的小瓶子。外婆一边梳妆，一边随着唱片机里播放的曲调一起哼唱着一首意大利歌曲⑧：

> 对我说出你的爱，
> 玛柳，
> 我生活的全部，
> 就是你……

那好像是另一个外婆，莫宁赛德的家也是一样。后来，当她爸爸管外婆叫"刁婆子"的时候，萨拉总会回忆起她穿着绿色衣服的样子。

在收到曼哈顿地图和那些故事书之前，萨拉在她两岁那年从国王——莫宁赛德的书店老板那里收到了她的第一件礼物——一个巨大的拼图板。它的每一个小片上都有一个大写的英文字母，配着以这个字母开头的花朵、水果或者动物的图画。

多亏了这个拼图板，让萨拉很早就熟悉了元音和辅音字母，并且非常喜欢它们，尽管她当时还不知道它们的用处。她给那些拼图片排队，翻个儿或者随意组合，然后观察它们有趣而又独特的形状。E 像一把梳子，S 像条蛇，O 像个蛋，X 像个放歪了的十字架，H 像个小矮人的梯子，T 像个电视天线，F 像一面破旗子。她爸爸送给她一个硬皮笔记本，像一本书一样，是管道公司多余的。本子里都是带方格的纸，左边有红线。萨拉就在这个本子上歪歪扭扭地描绘着字母、家具、厨房里的小动物、云彩、房顶，那时候她还没觉得画和写有什么区别。

后来，当她已经能够熟练地读写之后，她还是这样想，或者说她没找到把这个和那个分开的理由。所以她非常喜欢看霓虹灯广告，在同一座高楼的屋檐下，玛丽莲·梦露暗下去，牙膏商标亮起来，在晚上像眨眼一样一会儿变金色，一会儿变绿色，几乎是同时的。因此字和画是爸爸和妈妈生的亲兄弟：削尖的铅笔是爸爸，想象力是妈妈。

萨拉在那个硬皮本子上写下来的最早的文字是河流、月亮和自由，其他的都是她随意写出来的像绕口令一样的文字，元音字母和辅音字母按照天意组合在一起。这些词的产生并不是出于她本人的意愿，就像野花不需要浇灌一样，这是她最喜欢的，也让她感到幸福，因为只有她才懂。她反复念叨着这些词，并把它们称作"法尔法尼亚"，它们几乎总能把她逗笑。

"你笑什么呢？你动嘴唇干吗？"她妈妈问，并且非常不安地看着她。

"没什么，小声说话呢。"

"那你跟谁说话？"

"跟我自己啊，这是个游戏。我发明了法尔法尼亚语，再把它们说出来，然后我就笑，因为听起来太好玩了。"

"你发明了什么？"

"法尔法尼亚。"

"那是什么意思呢？"

"没什么。它们几乎从来不想说话，但有时候会想。"

"我的天啊，这丫头疯啦！"

萨拉皱起了眉头。

"那我下次什么也不告诉你了，就这样！"

艾伦太太有时候会在晚上到十七层 F 门找邻居泰勒夫人聊会儿天放松一下。

"她老像是跟我藏着什么秘密似的，你看，就这么个小毛孩，好像总是心不在焉，你不觉得奇怪吗？还那么不合群，跟我妈一样。"

泰勒夫人订阅了一本科普杂志，还是一档关于儿童精神情结的电视节目的忠实粉丝，就是她建议艾伦夫人带女儿去看精神病大夫的。她觉得她有极其严重的精神情结。

"不过还是得找个好大夫给她看看，"她带着了然于胸的表情补充道，"因为如果不这样，对孩子伤害可就大了！"

"你看啊，找好大夫可贵了去了。'水管快修'可不发那么多工钱，再说塞缪尔也不同意。"

"水管快修"就是艾伦先生工作的那个水管公司车间的名字，和他一起工作的搭档比他年轻些，那个搭档正好就是泰勒夫人的丈夫。他名叫菲利普，喜欢穿黑色皮衣，骑一辆大摩托，也是艾伦先生那伙爱开玩笑的朋友中的一员。艾伦夫人觉得他很帅。

泰勒夫妇有个大胖儿子，比萨拉大一点，和萨拉一起下楼玩过两三次，但他几乎什么都不会玩，动不动就说玩烦了，然后从塞得鼓鼓囊囊的夹克口袋里掏出各种糖果——棒棒糖、口香糖来吃，还把皱皱巴巴的糖纸满地乱扔。他名叫罗德。但在本街区人送外号"珍宝珠⑨"。

罗德一点也不担心长胖，唯一让他犯怵的是印刷体字母，萨拉也从来不会和他分享自己的法尔法尼亚语，比如那些在她生命中最初的四年给她留下难以磨灭的印象的词，像"阿梅尔瓦""塔林多""马尔多尔"和"米兰福"，这些都是幸存下来的。

有的时候法尔法尼亚语会在头脑中跳舞，像一首随意哼唱的小调。有些像香烟冒出的烟一样马上就消失了，但是有些却会深深地刻在脑海中无法抹去。而且随着时间的流逝，甚至可以猜到它的含义，比如"米兰福"的意思就是"即将发生一些不一样的事"或者"我要遇到惊喜了"。

萨拉发明法尔法尼亚语的晚上总是睡得很晚。她好多次踮着脚尖打开窗户看星星，她觉得它们中的每一个都是小小的神奇世界，就像图书王国一样，肯定有一个既古怪又睿智的人将它们点缀在天空中，他不但认识她，而且懂得法尔法尼亚语。他总是调皮地从很远的地方赶来，然后从窗户里探出头看着她，并且给她带来信念和冒险。"米兰福"，萨拉嘟哝地一遍遍念着，就像祈祷一样，"米兰福"，她眼中浸满了泪水。

几天以后，她听到妈妈和泰勒夫人打电话聊天，突然得知奥雷里奥·隆卡利已经转让掉书店去了意大利，不再和外婆在一起了。当时艾伦夫人正悄悄地用沉痛的声音讲着话，突然发现了她女儿一直站在厨房门口，于是生气地说：

"你在这干什么？听这些跟你不相干的事干吗？回你房间去！"她暴怒地尖叫着。

但萨拉的脸色苍白得像一张纸，双眼呆滞空洞无神。妈妈发现她手抓着门槽，两眼一闭像要晕过去了，这才有点害怕。

"我过会再给你打过去，琳达。"她说，"没事，没什么，别担心。"

然后挂掉电话。

她走到女儿身边想要抱她，但她拒绝了。

"你怎么了？拜托，萨拉，你怎么发抖了？"

当时小姑娘抖得像一片叶子。艾伦夫人拿来一张凳子让她坐下。萨拉双手捂着脸，突然发出一阵绝望的痛哭。

"说句话，跟我说句话，"艾伦夫人哀求道，"你病了吗？你哪疼？"

"米兰福，米兰福，"萨拉边抽泣边嘟囔着，"可怜的米兰福……"

她发了几天的高烧，一直说胡话喊着奥雷里奥·隆卡利，还说她想要进入图书王国，他是她的朋友，他应该回来。

但是奥雷里奥·隆卡利再也没有回来，也没有人在她面前提起他。萨拉明白她应该保持安静，这场高烧赋予了她安静的特质，她变得很乖很听话。她了解到梦想只能在黑暗中秘密生长，她期待着某一天——她确信——到那时候她将发出胜利的呼喊："米兰福！"同时她将在荒岛上生存，就像鲁滨孙和自由女神一样。

萨拉当时四岁，现在六年过去了，她觉得那一切都是梦中发生的。

奥雷里奥·隆卡利，她外婆最后一个男朋友，已经埋葬了葛洛丽亚·斯塔。萨拉将他们都放到了另一个世界，那里住着会说话的狼、不想长大的孩子、穿着马甲戴着手表的野兔、在荒岛上孤独忍耐的海难幸存者。尽管她从来没见过他们，但她梦中的这些事物都如此清晰，仿佛触手可及。

而那个莫宁赛德的图书国王，虽然她对他一无所知，但是他存在过。而且他是第一个给她灌输了两个最基本爱好的人：一个是旅行，一个是阅读。其实二者可以融合成一个，因为阅读可以使人通过想象去旅行，或者梦到旅行。

译者注：

① 圣约翰神明大教堂：位于莫宁赛德区阿姆斯特丹大街 1047 号，是圣公会纽约教区的主教座堂，占地面积达 47000 平方米，是纽约市著名旅游景点，始建于 1892 年，至今尚未彻底完工。

② 《鲁滨孙漂流记》：英国著名作家丹尼尔·笛福（Daniel Defoe, 1660—1731）的代表作。作品分三个部分，分别讲述了主人公鲁

滨孙早期的经历和探险、流落荒岛的生活以及逃离荒岛后的经历，其中以流落荒岛的部分最为经典。

③ 《爱丽丝漫游仙境》：或称为《爱丽丝奇境历险记》，英国作家刘易斯·卡罗尔（Lewis Carroll，1832—1898）的经典童话作品，讲述了小姑娘爱丽丝因追赶一只揣着怀表的兔子而落入一个奇幻世界的故事，她在那里时而变大时而变小，遇到了柴郡猫、疯帽匠、红桃皇后等一系列奇怪的人物，经历了无数冒险，最终却发现这一切原来是一场梦。

④ 《小红帽》：经典童话故事，最初的版本出现在 1697 年出版的法国童话集《鹅妈妈的故事》中，讲述了小红帽独自穿过森林给外婆送蛋糕，却受骗被狼吃掉的故事。在后来的《格林童话》中，作者修改了结局，狼最终被猎人打死，小红帽和外婆得救。

⑤ 疯帽匠：《爱丽丝漫游仙境》中的人物，尽管行为疯癫怪异，却一直支持并帮助爱丽丝。

⑥ 布克斯王国：Books Kingdom，意为图书王国，此处用音译以便与下文有所区别。

⑦ 奈阿克：Nyack，纽约州小镇，距曼哈顿约 30 公里。

⑧ 原文为意大利语，选自歌曲《对我说出你的爱》，为同名电影主题曲。

⑨ 珍宝珠：Chupa Chups，西班牙著名的棒棒糖品牌。

三

曼哈顿的常规旅行、草莓蛋糕

见识曼哈顿对萨拉来说已经成了一个不可遏制的愿望。

她现在已经不想再竖着耳朵听爸爸妈妈在床上吵架了，因为连妈妈兴奋的叫声她都已经听惯了，就好像看见乌云就知道要下雨一样，反正都是一些无聊的事。相比之下，泰勒夫妇可就强多了。艾伦先生觉得，琳达·泰勒既快乐，又甜蜜，还年轻。艾伦夫人反驳说，那当然了，人家老公总送她礼物，活着就是为了她，此外，她还称赞菲利普·泰勒能干，在车间干完活，不是修收音机就是修电视，什么都会修，而且还抽时间陪老婆看电影。人家刚买了一台新的洗碗机和微波炉。菲利普才真算个爷们，从来不脏兮兮地出门，他还用除臭剂呢。

"那你怎么知道这些的？"

"琳达跟我说的。"

"别跟我说这些你们老娘们儿瞎聊的蠢话！还除臭剂呢，我臭吗？"

萨拉打开灯，从床头柜的抽屉里取出几年前奥雷里奥先生送给她的曼哈顿地图看了起来。

于是她又开始眯着眼睛做梦，梦想着在那些她从没去过的街道、广场、公园里旅行，而爸爸妈妈的吵架声变成了背景音乐。她时而从摩天大楼上飞翔，时而在哈德逊河中游泳，时而穿着冰鞋滑过，时而坐在直升机上飞过。在萨拉眼皮发沉的时候，这次梦游之旅也即将结束了，她看到自己蜷缩在自由女神像的最高处，某人为她筑的巢里，就在绿色王冠的尖刺之间，她在那里像归巢的倦鸟一样向下俯瞰。当困意袭来的时候，她向女神像祈祷，因为无论如何，她也是个神。她自编的祈祷词，用一种奇怪的敲击方式发出，就像给自由的代言人发电报一样，她祈求女神把她从不自由的困境中解救出来。她还求女神让她外婆能够重新穿上绿色的衣服，就像她第一次见到她时那样，因为绿色是希望的颜色。

小姑娘在地图的南面，也就是两河交汇处，自由女神像所在的小岛的位置贴上了一颗金色的星星，而把另一颗银色的星星贴在了北面，即莫宁赛德公园附近，差不多她外婆家所在的位置。尽管她已经不再叫"荣耀之星"了。

萨拉每次在床上摊开纽约地图，都会看到一金一银两颗星星在南北两端向她眨眼。那张图由于被打开又重新合上的次数太多，已经磨损得很厉害了。萨拉已经记住了曼哈顿每条街道的名称，以及地铁、公交线路，而且知道各线路之间如何换乘。萨拉对她梦中的这个岛已经了如指掌，可以从一头穿行到另一头，把她放在任何一个旮旯都可以毫无惧色，但她从来没有机会来验证所学，因为她每周只有一次机会可以穿过布鲁克林大桥，永远是和她妈妈一起，在同样的时间走同样的路线。路线的终点就是萨拉在地图上贴银色星星的地方：她外婆的家，她第一次见到她的地方，七层的外间，有两段走廊。

但她还是很盼着星期六快点到，好陪着妈妈进行这次必需的访问，她总觉得每次在那里度过的时间都特别短，那个家里有黑色的钢琴、克劳德猫、乱糟糟的衣柜和装满烟头的烟灰缸。她太喜欢她外婆丽贝卡的家了，可能是因为那是她唯一进过的曼哈顿的房子，也可能是因为她喜欢听丽贝卡外婆在高兴的时候给她讲的故事，那也许是她从活人嘴里听到过的唯一有趣的事了。

她梦想着——米兰福！——有朝一日能搬到曼哈顿和外婆一起住，让萨丽也回来，就是那个黑人女佣，然后在家里的墙上都挂上镜子。

每周一次的莫宁赛德之旅好像给她的梦想之火添了一把新柴。

艾伦夫人则正相反，这样的旅行总是让她很伤心，老想找个碴儿哭一鼻子好博取别人的同情。她们每次坐地铁回布鲁克林都已经到晚上了，她会习惯性地从上衣口袋里掏出块大手绢来擦眼泪。萨拉这时总是紧张地环顾四周，生怕引起别人的注意，但她很快发现根本没人看她们，因为坐纽约地铁的人全都目光呆滞，跟鸟类标本似的。

"她会死的，说不定哪天她就要离开我们了。"艾伦夫人哭哭啼啼地说。

"她为什么会死啊，妈妈？她又没生病，我看她挺开心的。"

萨拉觉得，去曼哈顿旅行唯一能给妈妈带来快乐的时光就是前一天晚上她在厨房给外婆做草莓蛋糕的那会儿工夫，她每次去都要带上一个。她吃过晚饭，收拾好餐桌就开始做，那时候艾伦先生正一边看报纸一边看电视里的棒球赛。

"你看多香啊，塞缪尔！"艾伦夫人说，她每周五从烤炉里取出蛋糕的时候都同样兴奋异常，"这次比以往做得都好。"

她会把蛋糕晾一会儿，再小心翼翼地用锡纸把它包裹起来，然后放在篮子最里面。蛋糕被裹得密不透风，光闪夺目。

"到了明天就更好了，"她得意扬扬地补充道，"想让蛋糕好吃就得头一天晚上做好。她肯定爱吃，她会舔手指的。"

"那你妈要是不喜欢草莓蛋糕呢？"艾伦先生说，每星期五都听同样的话早让他腻烦了。

"你懂什么。"

萨拉注意到，她妈妈把蛋糕放进篮子以后，开始擦烤炉的时候，之前在她脸上洋溢的勃勃生机好像渐渐被抹去，重新罩在了一层水雾之中。

第二天她俩起得比往常都要早，好为这次旅行做好准备，把该擦的都擦干净，该带的都带上。

"现在做你爸爸的三明治，咱们可别忘了。"艾伦夫人说。

快修水管车间，就是艾伦和泰勒的紧急水管维修公司，周六也开门。最近自从听取了萨拉给她妈妈的建议，生意做得顺风顺水。

当艾伦先生六点钟下班的时候，她们娘俩还没回来呢，但他会看到老婆给他留的字条和一个黄瓜三明治。字条他从来都不看，连三明治一起扔进了垃圾箱，他先洗个澡，然后下楼到对面街上的中餐馆吃饭去。

但是艾伦夫人从来不会忘记做三明治和写字条。她每次都在一张办公室用的写字台上写那张字条，坐在一个红色的塑料高凳上，用的是黄色电话边上用链子挂在墙上的粗圆珠笔。她每次都要写上好一阵，有时看起来字写得特别大，就好像在纸上留着空白就是吃亏一样，其实写的内容每次都一样：

"塞缪尔，今天是星期六，我带孩子去我妈那里，帮她收拾一下，给她带个草莓蛋糕。三明治就给你放那儿了。"

写完以后她会长出一口气。

然后她会坐在洗手间的凳子上，让萨拉坐在她膝头，开始慌慌张张地给她梳头，并且不断扯她的头发，因为她说她们要迟到了。

"虽然不太像，但这就是一次旅行，要走好多里路呢！要是还住在 C 大街，谁还用得着这么跑？"

萨拉趁机问妈妈 C 大街的家是不是要比莫宁赛德的漂亮。她抓着她的肩膀说记不清了。

"你怎么会不记得了呢？你单身的时候在那住过啊。"

"好吧，我也不知道。那儿有个很大的起居室，从我的房间可以看到东河。还有，你记着，从这儿去那儿可以少坐二十多站地铁呢。"

"那为什么要搬走呢？她更喜欢莫宁赛德？哎哟，妈妈，别老扯我头发！"

"都赖你，谁让你不老实的，净让我着急。"

"那你回答我呀。"

"她搬家是因为她不想住那儿了，你知道外婆很淘气，总是想换地方，就跟你一样。"

关于奥雷里奥·隆卡利她只字未提。泰勒夫人曾经建议过（她总是受到电视里情感节目和有关情结的读物的引导），不要跟孩子说那些可能对他们造成伤害的事情。另外，尽管过了那么长时间，薇薇安·艾伦还是忘不了那次因为丽贝卡和书店老板的分手让萨拉得上的怪病。但萨拉注意到，在奥雷里奥先生的名字上罩上的这层厚厚的幕布对她妈妈来说比对她自己还要压抑。

以前亲眼看到过的人和事，尽管在现实中已经消失了，但在想象中还会像以前一样继续存在。所以曾经看到过而现在见不到的，其变化是巨大的。

"我跟你说，孩子，"艾伦太太用很快的语速接着说，"我觉得你外婆住在这么远的地方简直太疯狂了，就是没办法让她明白，她最应该住的地方就是这里，跟咱们在一起。"

萨拉陷入了思考。她觉得这个办法很荒谬，外婆肯定不会接受的。

"咱们也可以搬过去和她一起住啊，还有空地方，这样不是更好吗？"

"别出馊主意了！那你爸怎么办？你不知道他得在这边工作吗？"

"他也可以到那边工作啊，那边的水管子也会坏的。"

艾伦夫人给萨拉梳完头，就开始说别的了。萨拉想，她在布鲁克林又没有工作，所以没什么可以阻止她搬去曼哈顿和外婆一起住。尽管她从来不敢说出来，但她觉得这是最理想的解决办法。她想象着把走廊右边一间很大的房间里堆放的家具杂物都清理干净，然后搬进去住，在墙上贴满各种招贴画，有女影星的、枪手的、火车的和滑冰的小孩的。她可以给她爸妈打电话，每周五去看他们。但是她肯定不能把这个想法说出来，拐弯抹角地说也不行，所以她只好伤心地保持沉默了。

"走啦，抓紧点！"妈妈对她说，"你想什么呢？没看见我们快迟到了吗？虽然不太像，但这就是一次旅行，要走好多里路呢！"

她给她套上一件红色的橡胶雨衣，也不管下不下雨，然后让她拿着用红白格餐巾盖着的篮子，餐巾下面就是蛋糕。

"来吧，孩子，你来拿着，外婆看到你拿着就更高兴了。"

"对外婆来说都一样，她才不会注意呢。"

"别跟我顶嘴。我想咱们没忘记什么东西。"

艾伦夫人确认了一遍煤气阀门都关好了，给丈夫的字条放在了冰箱上头很显眼的地方，所有的水龙头都不滴水了以后，开始一边核对包里面带的东西，一边嘴里念叨着这些东西的名称。

"我看看，钥匙、眼镜、钱包……买地铁票的零钱我手里拿着。等等，你帮我拿着雨伞。"

她用三把钥匙把门上不同高度的锁都锁上了，然后去按电梯。从这时起她紧紧地攥住小姑娘的手，到外婆家之前都不会再松开。

萨拉看着电梯上的镜子，然后一路上都在侧目看路过的橱窗，一直到地铁口。她不喜欢妈妈这么死攥着她走路，但休想能够挣脱。她望着摩天大楼顶上的天空。

"你干吗给我穿雨衣啊，今天又不下雨。"她生气地问道。

"谁也说不好，"艾伦夫人回答道，"你没看见吗？我也带着雨伞呢，这叫未雨绸缪。别忘了，这也是一次旅行，虽然看起来不像。咱们得到晚上才回来呢，天气预报员都说了，今天的多云天气有可能发生变化。他还预报说佛罗里达海岸有热带风暴袭来，明尼苏达州五条相邻的公路被阻断，欧洲中部和西地中海三分之一处有反气旋增长以及……"

　　萨拉听不下去了，开始观察周围的人，看一个推小车卖香蕉的黑人，看一个骑着摩托戴着耳机的小伙子，看一个穿高跟鞋的金发女郎，看一个坐在楼梯上吹笛子的老头儿；在等绿灯过马路时，也看路边的指示牌，她妈妈还是紧握着她的手穿过人行道，来到地铁入口。她们和其他人一起挤进地铁，穿过粗铁条制成的十字形转门，只有把金色的金属代币插进转门的投币口里才能让门转起来，艾伦太太刚刚在售票口排了半天队才买来两个币。售票窗口的厚玻璃后面有一个棕色皮肤的人正在出售金色的金属代币，他看上去像一个机器人偶，把代币放在窗口下面的椭圆形金属沟槽里。当客人问他问题的时候，他会把嘴凑近置于弯杆上的话筒讲话，话筒的形状像个细小的蘑菇，就像讲小矮人和巫婆的故事书里画的那样。艾伦夫人这时会把萨拉的手松开一小会儿，以便整理一下代币和找回的零钱。

　　"替我拿一下雨伞。"她说。

　　这几秒钟对萨拉来说是既紧张而又刺激的。她的口袋里总装着两枚镀金代币，那是有一次她爸爸睡着时，从他胡乱挂在椅背上的上衣口袋里掉出来的。她看着插入代币的投币口，和妈妈保持着几步的距离，逃走的念头侵袭着她，带着她的红雨衣、她的雨伞、她的篮子，穿过转门，独自混迹于前往曼哈顿的人流之中。但她既没有这样做，也没想过要尝试。

来到站台，艾伦夫人疑心重重地东张西望，把萨拉的手攥得更紧了。在等地铁的人中，总是有一些人比其他人更加多疑，这决定了他会上哪节车厢。地铁终于飞速冲进站台，好像根本不会停下一样。一进车厢，萨拉就开始想很多事情，并且观察所有的人，但她妈妈试图转移她的注意力，她系上了她雨衣最上边的几个扣子，免得她下车的时候会着凉。天冷天热、刮风下雨之类的事她最门儿清，每天早晨都和老头老太太们聊这些，就是她经常叹着气说，比她亲妈还喜欢她的那些老人们。她从电视上听来各种天气预报，然后给他们讲。她最讨厌看爱情和探险类的电影。她跟医院里的老人们也这么说，他们总是随声附和，有的是因为跟她想的一样，其他人是因为想让她闭嘴。

　　"谁会相信这些？"她一边给他们递上一只鸡腿或者盖上一条花格子毛毯，一边说，"有谁见过一个会飞檐走壁的男人，或者一个长着蛇脸的女人？"

　　"在曼哈顿就能看见这些，还有更要命的呢，艾伦夫人。"有人精辟地答道。

　　为了以防万一，艾伦夫人不喜欢让萨拉看这类的电视节目，去看外婆的途中也不想让她在地铁上回头看人。

　　"你看那位先生干什么？"

　　"因为他自言自语。"

　　"得了吧，你没看到别人都不看他吗？"

　　"当然了，小可怜，所以我才看他。"

"这跟你有什么关系，这些都是别人的事。"

纽约地铁里有很多自言自语的人，有些人小声嘟囔，有些人声音稍微大些，有些人像神父布道一样发表演说。后者通常是一副衣衫褴褛、头发蓬乱的样子，尽管他们动不动就高声疾呼"兄弟们""公民们"，但他们的话就像撞上了一堵冷漠无声的墙，没人看他们一眼。

"往那个角挪一挪，萨拉，那边马上要有空座了，可以吗？"艾伦夫人说道，她发现萨拉对那些自言自语的怪人很感兴趣，想打个岔。

萨拉对妈妈在地铁上跟她讲话非常恼火，因为很影响她想事情。她在这里就喜欢想点什么，特别是周围有这么多截然不同的陌生人，尽管他们在同一时间进行着同样的旅行。她喜欢想象他们的生活状态，对比他们的脸和衣服。最有趣的还是他们的外表所表现出来的巨大不同。从头到脚这么短的距离，怎么可能有这么多差别，以至于你不会把一个乘客当成其他人？但是她没有时间仔细观察，因为艾伦夫人总是打断她，好像怕她因为看了那些人而传染上某些病一样。

"放开我，妈妈，别给我解扣子了，我又不热。"

"你当然不热了，你老以为你什么都知道。你能不能老实点？"

"我自己热不热我比你清楚。"

"是啊，等会儿到了外边，温度一变，你就该感冒了，知道不？"

"我才感不了冒呢……"

"唉，我的天啊，真是个爱犟嘴的丫头！别跟我装得跟烈士似的。"

"得了，妈妈，别说了，打住。"

"你篮子拿好了没？"

"拿好了，妈妈，别说话了，拜托。"萨拉像发了烧一样念叨着。

"你怎么了？干吗闭眼？你晕啦？"

"别管我，妈妈，我们要从河底下经过了。"

"什么？又扯这新鲜的！跟个傻子似的，孩子，你听到的那些……"

在她们地铁之旅的初始阶段，确实有一段是从东河下经过的，恰好就是艾伦夫人滔滔不绝地教训她的那会儿工夫。萨拉闭上眼睛不是因为头晕或者害怕，而是因为实在无法忍受妈妈脑子里装的这些无聊的东西，并且还冒出来打断她的思路，而她正在思考在承受着几吨水压的隧道中旅行是怎样一个奇迹。这个路线中大约有两英里多的路段称为"布鲁克林－炮台公园①隧道"，因为过河之后，她们就来到了炮台公园的地下，公园坐落于曼哈顿最南端，哈德逊河与东河交汇之处。她学习过了，所以知道隧道工程始建于 1905 年，不过真正让她感到兴奋的是想到那么大片的水域竟然就在头顶上。穿过河底进入曼哈顿本身就是一个明证，说明这个岛上一切都可能发生。萨拉的脑子像风车一样飞转，立刻冒出来几百个问题想要问外婆丽贝卡，一到她家就问。

译者注：

① 炮台公园（Battery Park）：因建有防御英军的炮台而得名，也可音译为巴特里公园，位于曼哈顿最南端，前往自由女神岛的游船码头就在此公园内。

四
葛洛丽亚·斯塔的回忆、萨拉·艾伦的第一笔钱

外婆家附近有一个神秘、阴暗的公园，始于圣约翰神明大教堂背后的一片斜坡地，叫作莫宁赛德公园，和所在的街区同名。公园在一片洼地之中，要下几级石阶才能进入。这里以危险闻名。

多年以前，有一个陌生人，江湖人送外号"布朗克斯的吸血鬼"，选择这里作为他夜间行凶的场所，受害者多为女性。数月之内，莫宁赛德接连发现五具女尸，消息广为流传，以至于在很长时间内无论白天还是晚上都没人敢穿过莫宁赛德公园，甚至连公园粗条铁栅栏之间长满青苔的石门都没人敢靠近。

萨拉最喜欢从起居室的窗户里看这个废弃的公园，这是家里最大的一个房间，外婆的钢琴就在这里。她喜欢公园那

种浪漫而遗世独立的感觉。

窗户边上摆着外婆最喜欢的沙发，尽管已经有些破旧，下边连弹簧都露出来了。萨拉总是趁妈妈下楼买东西或者在厨房里打扫死蟑螂的机会搬一把小椅子坐在外婆对面，和她做伴，听她讲故事——在她愿意讲的时候。因为她有时会昏昏欲睡或者不高兴，这时她会闭上眼睛不想说话。不过在此之前或之后，萨拉会用自己的问题让外婆重新清醒过来，重新点亮她眼中已经熄灭的光芒。

外婆说话总是非常小声，跟说悄悄话似的，让小姑娘觉得自己和外婆是一伙的，因而感到非常刺激，因为她太喜欢秘密了。

"外婆，莫宁赛德里面漂亮吗？"

"咳，就那么回事！中央公园比它漂亮多了，简直没法比。我要是发了财就搬到中央公园南边住去，那边的楼才叫带劲呢……这个公园，你要是想知道我可以跟你说，真的，唯一有点神秘感的也就是布朗克斯的吸血鬼和他那些事，要不真没什么值得注意的。"

"你怎么知道的？"

"那是！我下楼到那儿溜达了好多次了。"

"你进到里边去了？"

"当然进去了。我倒更愿意坐着马车到中央公园去，不过没有面包，饼也挺好①。在那起码可以呼吸点新鲜空气，没人打扰你。"

"你不害怕吗？"

"我有什么好怕的！那是全曼哈顿最安全的地方，你没看见里头根本没人吗？强盗和吸血鬼也都不傻，你看过电影就知道了。早就知道这地方根本没人来，谁还会瞎耽误工夫在这埋伏等着作案呢？"

"那布朗克斯的吸血鬼抓到了吗？"

"没有，至少我买的报纸上没提过。我觉得他现在还逍遥法外呢。这人肯定比一般人聪明，孩子。我觉得，不知道为什么，他肯定是个棒小伙子，你不觉得吗？"

"我不知道，"萨拉有点害怕地说，"我想不出他是什么样子。"

听到她妈妈和女儿在说布朗克斯的吸血鬼，艾伦夫人就像真的见了鬼一样。

"妈妈，别给萨拉讲那些吓人的故事，她会睡不着觉的。"她说。

"睡什么觉啊？你不觉得睡觉是最浪费时间的事吗？……让我看看，你把什么报纸跟垃圾一块儿扔了？"

"就这些，您说过的，妈妈。这些都算垃圾，一些过期报纸，讲犯罪和其他一些愚蠢的事。"

"犯罪才不愚蠢呢，孩子。扔之前先让我看看，也许有些内容我还想剪下来呢。你疯疯癫癫的什么都扔！每次你到我这来过之后就跟刚过了蝗虫一样。"

"您什么都不扔才是真疯了呢，还什么也不收拾。这个沙发不能用了。下礼拜得找个修沙发面儿的来补补了。"

"别说了，我就喜欢这样带破洞的，上面留着我身体的印儿呢。现在我就剩这么一个了。"

"您就喜欢这样，您就是不答应到布鲁克林来跟我们一起住。"

外婆很讨厌谈到这个话题。

"别招我烦，薇薇安，咱们不说这个了。你也别管我叫您，我跟你说了多少遍了。"

"我试过了，可是我不习惯，我一张嘴就会说出您来。我去世的爸爸曾经说过，对父母称'你'是缺乏尊重的行为。"

"你就算管我叫您，还是一点也不尊重我，当然了，我也不希望你尊重我。另外，孩子，你爸爸就是个老古董。"

十月初的一个星期六下午，当萨拉和妈妈按照惯例来到外婆家时，按门铃却没人回应。

"她现在越来越耳背了。"艾伦夫人叹了口气说。

"也许她出去遛弯了，"萨拉说，"今天咱们到早了。"

"这么冷的天她能去哪里？替我拿着雨伞，好吧，我来找找我那套钥匙。"

她们进到屋里，只发现克劳德猫正趴在外婆的沙发上睡觉。

艾伦夫人非常担心。最后她发现，她妈妈是出去喝酒了。但她没有告诉萨拉。她觉得在这一片的某个酒吧里找到她应该很容易，那儿的人都认识她。无论如何她都得下楼去找一圈，所以连大衣都没想着脱。

"你看，"她对萨拉说，"你在这儿待着。如果外婆比我早回来，你就给她沏杯茶，切块蛋糕。就自己待一会儿，别害怕。"

"我才不会害怕呢。"小姑娘说。

"那么，一会儿见。我希望不会耽搁太久。要是电话响，你就接。"

"那当然了，妈妈，别傻了。我不会让它一直响的。"

"别跟我这么说话，你外公伊萨克都能给气得抬起头来。然后……你可以扫扫厨房。"

"好吧。"

但是，她妈妈一离开，萨拉根本没去扫厨房，而是开始在房间里尽情地乱蹦乱跳，嘴里喊着"米兰福"，因为这是她第一次独自待在莫宁赛德的家里，这对她来说是个梦幻时刻。太神奇了——米兰福！她想象这个家就是她的，她就叫葛洛丽亚·斯塔。

唱片机里有一张唱片。她按下播放键，然后调高音量。唱片开始转动。

就是她第一次见外婆的时候听到的那首意大利歌曲，当时外婆坐在有三面镜子的梳妆台前，穿着绿色的衣服。她后来再也没有听过这首歌，但立刻就听出来了，她深深地陶醉在歌声中，像着了魔一样：

对我说出你的爱，

玛柳，

我生活的全部，

就是你……

克劳德睁开眼睛，弓起背，从外婆的沙发上跳下来，开始绕着萨拉打呼噜。

"不，那时候没有你，克劳德。那天下午你不在这儿。躲开我，你不能陪我一起回忆，我是葛洛丽亚·斯塔，著名歌手葛洛丽亚·斯塔，知道吗？"

那只猫用它绿宝石色的眼睛盯着她，轻声地喵喵叫着，试图抓她的衣襟。

"不行，这是没用的，你回忆不起来，因为你当时还不认识我呢。你也不认识奥雷里奥。躲开我，我说了，坏猫，你会把我的绸子衣服抓坏的。你不知道我在等奥雷里奥吗？他从图书王国来这儿带我去跳舞，我得收拾一下，打扮得漂亮点，他喜欢我打扮得漂亮。"

她来到走廊，打开外婆卧室的门。里面黑洞洞的。她停在门槛前，摸索着找电灯开关，那一瞬间她感到恐惧。如果她发现外婆被布朗克斯的吸血鬼掐死在床上怎么办？她要做的第一件事就是什么也不碰，赶快打电话叫警察，就像在电影里看到的那样。

克劳德猫在后面跟着她，蹭到她光着的腿，她发出一声惊叫。灯亮了，猫呼呼地叫着跑开了。

"哎哟，你吓死我了，克劳德！"萨拉抗议道，"你能别来烦我吗？至少你可以说点什么，哪怕是那句：'你怎么找到女王呢？'就像柴郡猫②对爱丽丝说的一样。不过，当然了，你不知道爱丽丝。你就和罗德·泰勒一样，不过是猫版的。一只又傻又哑巴的猫，让我在这白费唾沫。"

她一边说着一边观察周围，灯亮起来以后她的恐惧慢慢消散了，不过屋里乱得像遭了灾一样。扮演过了气的葛洛丽亚·斯塔的游戏也玩不下去了。屋里全是烟头、不流通的空气、汗水和廉价香水的气味。地上扔着的、椅背上挂的都是各种质地的衣服。没收拾过的大床上杂乱无章地堆满了各种信件、照片和剪报。

萨拉试图点亮在三面镜子的梳妆台上方的那盏有三条腿、带花苞状玻璃灯罩的壁灯，但发现灯泡已经憋了。有玫瑰色条纹的黑色大理石台面上除了两个化妆品瓶子以外，还摆着几支用过的口红、脏杯子、叉子、线轴、小勺子、烟灰缸以及一支由药瓶子组成的部队，其中有的还剩半瓶，也有的是空的。

猫儿一跃跳到床上，卧在又乱又皱的床单上散落着的一堆纸上面。

"起开那儿，克劳德！你太没教养了！"萨拉拿腔作调地说，一边用慵懒的步伐走到床边，"天啊，我的求爱信！我的花瓣！我最喜欢的照片！我是葛洛丽亚·斯塔！你知道吗？唔，你这只瘟猫！"

她把克劳德推开，猫儿重新跳回到地上，然后她小心翼翼地整理这些纸，把信件和剪报区分开来，按大小把照片收集好摞在一起。最大的一张照片上是一个上岁数的男人，但相当帅，留着浓密的小胡子，黑发当中夹杂着几根白发，梳理得根根分明。他背靠着一个装满书的书架，手里夹着根烟，冲着镜头微笑。萨拉对着照片端详了很久，然后翻过来看背面，背面用清晰的大字写着"你是我的葛洛丽亚，A."，和她之前刚整理过的几封信上的一样。

唱片已经放完了。萨拉拿着那些纸回到起居室，也不知道为什么，萨拉不希望妈妈回来收拾屋子的时候看到它们。她妈妈可以把旧报纸当成垃圾扔掉，但是其他这些不行，那都是外婆的秘密。萨拉可不是在玩过家家中扮演葛洛丽亚·斯塔，她觉得自己就是葛洛丽亚·斯塔本人。另外，她和外婆是一伙的，她不希望任何人窥探外婆的秘密，连她自己也不想这么做。

她走近那个波浪纹盖子的小柜子跟前，它永远都是锁着的，不过她知道外婆把钥匙藏在哪里：就在那个篮子形状的瓷花瓶里。花瓶的两条腿是两只小鸟，正在争夺一只虫子，分别用嘴扯着虫子的一端往自己这边拉。

她搬来一张凳子，踩上去够书架上的花瓶，她摇了摇花瓶，听声音钥匙就在里面。但就在这时电话突然响了，萨拉吃了一惊，小鸟花瓶脱手而飞，她自己也一下摔倒在地。她去接电话时，心狂跳不已。

是外婆打来的，声音明显特别愉快。她下楼到莫宁赛德转了一圈，然后在本街区的宾果游戏③店玩了一会儿，赢了一百五十美元。她问她们是否看到她留的字条了，就放在钢琴的上边。萨拉跟她说没看到，而且妈妈上街找她去了，她有点担心。

"讨厌的薇薇安！"外婆说，"她要是不担心点什么，就活不下去。我这就上楼去，我在楼下的酒吧里先喝一杯。好的，别跟你妈说宾果游戏的事……是啊，是啊，我知道你会保守秘密……一会儿见。看看咱俩能不能聊一会儿天，孩子……对了，我想让你帮我个忙，我现在想起来了……"

"说吧，外婆。"

"你现在一个人在家……我的卧室里挺乱的，你能不能把我床上的那些纸都收起来，放到那个秘写台④里面？你知道我把钥匙放在哪儿了。"

"是的，外婆，"萨拉回答，脸上带着甜蜜的微笑，"在那个小鸟花瓶里。"

她挂断电话，觉得异常兴奋。她首先重播了唱片。那首歌曲她太喜欢了，虽然一个字也听不懂，但她听到歌中唱到"玛柳"，那肯定是意大利语当中和"米兰福"同类的词。然后去捡花瓶，她已经做好最坏的打算了。不过非常幸运——米兰福！瓶子正好掉在沙发上，没有摔碎。不过钥匙则正相反，刚好掉在沙发的垫子和扶手中间的缝里面，费了好大劲才找到。

最后她终于把钥匙插进锁里，打开了小柜子的盖子。它是保存秘密的地方，所以它叫秘写台。柜子里散发出一股旧纸张或者干花的味道。她在那里又看到了奥雷里奥·隆卡利的肖像，于是给了他一个吻。

"谢谢。"她轻声说。

那一刻泪水夺眶而出。不过不像那天听说他离开时的那种哭。从他离开那天起的六年里，她懂得了哭可以分三种：愤怒、痛苦和激动。这次是激动的哭，或者说是介于激动与喜悦之间的哭。这是一种有点儿奇怪的感情。米兰福。

后来，在盖上盖子之前，她好奇地拉开了右手边一个半开着的小抽屉，里面是个用火漆封着的信封，她认得上面是她妈妈的笔迹：

草莓蛋糕的

真正配方

在我小的时候

丽贝卡·利特尔

我的妈妈教给我的

她忍不住笑了。原来被渲染得如此传奇的草莓蛋糕，外婆也会做。

外婆兴高采烈地回来了。萨拉听到钥匙开锁的声音，连忙跑出来迎接，猫儿跟在她后面。有那么或长或短的一会儿工夫，她有点觉得是妈妈先回来了，不过她的问题立刻就迎刃而解了。

外婆把玩宾果游戏赢来的钱朝空中一撒，她外孙女就开始在地上捡，两人都乐得不行。不过这时电话响了起来，外婆去接电话。

"喂……啊，你好，薇薇安……是的，当然了，我在。你没听我说？……不是的，我很抱歉让你担心了，不过布朗克斯的吸血鬼没把我抓走，看来他还是喜欢吃年轻人的肉。"

萨拉已经捡完了钞票，坐在外婆的扶手沙发上，微笑着，若有所思地望着窗外被废弃的莫宁赛德公园，看着公园上空长长的紫色暮云渐渐失去光彩。克劳德跳上她的膝头，打着呼噜，她开始抚摸它。这是她生命中为数不多的惬意时光。

"我在钢琴上给你们留了张字条。"外婆还在说，"而且我回来有十分钟了。"

萨拉看着她，她也回头看着萨拉，笑眯眯地冲她挤眼。萨拉很喜欢外婆，因为她反对自己亲女儿的那套说教和骗小孩的说辞。她用指尖给了萨拉一个飞吻。另外，她现在讲的话正好印证了刚刚过去的时间。

"当然是了，薇薇安……怎么不可能？……你说什么？十分钟之前你还在这儿？……孩子，你怎么跟个侦探似的，也许少几分钟。也许咱俩坐电梯一上一下错过了……哎呀！

别那么轴，薇薇安，你都能写惊险小说了！……是，小姑娘挺好的……猫也好，还有蟑螂，我们都活蹦乱跳的，都挺好……是啊，我们正准备吃蛋糕呢……好的，一会儿见，你想多久回来都行。"

萨拉俯下身子对着猫耳朵说：

"你听见外婆说的了吗，克劳德？才刚过了十分钟。好像十分钟里不可能发生这么多事。你如果不是这么无知，如果你是柴郡猫，咱们就能聊聊怎么把时间拉长几倍了。你打呼噜，嗯？好吧，你可真傻，不过很可爱。而且你的毛很软，真的是。"

"你跟谁说话呢？跟克劳德？"外婆挂了电话后问道，声音既年轻又俏皮，"我还以为你不喜欢猫呢。"

"哑巴的不太喜欢，"小姑娘回答，"不过我觉得克劳德今天下午能听懂我说话。"

"来吧，孩子，咱们来吃午茶。你那个烦人的妈说超市里人特多，她得耽误半个小时才能回来。可以喘口气啦！"

那半个小时对于萨拉来说，真是难以想象的短。外婆真厉害，她自告奋勇来准备茶点，而且开始清洗厨房里的脏碗碟，烧水沏茶，哼着歌收拾桌子，还给克劳德打开了一盒猫罐头，倒在水池下面的一个铝盘子里。

"我帮你吧，外婆？"

"不用，没啥可帮的，你坐着吧。我去找一个漂亮的桌布铺上，过一天乐一天。"

连萨拉都被外婆的快乐情绪感染了。特别是外婆干活的麻利劲儿真让她惊讶。桌布是绣花的,外婆还在桌布下垫了个胶垫。

"我以为你不会做家务呢。"小姑娘说。

"得了,才不是呢。这种事最简单不过了。只不过要是没什么由头的话,干这些很无聊。你看,今天的蛋糕还真不错。"

萨拉问她是不是也会做蛋糕。

"是,不过已经忘了怎么做。我最烦进厨房了。不过配方我倒是留着,但忘记放在哪了。是你妈拿来的,可以当个证据。她说是怕那些邻居给偷走。烦人的草莓蛋糕!我早就吃腻了,今儿下午是我这么长时间以来第一次尝。以前每个星期你妈拿来的我都送给穷人了,但今天不一样。"

"今天咱们庆祝点什么呢,外婆?"

"不知道,什么都行。你生日吧,过几天不就是你生日了吗?"

"是啊,下星期五。我还以为你想不起来呢,不过我很高兴你能记得。我就要满十岁了。"

外婆到起居室把玩宾果游戏赢来的钞票取来,分成一样的两摞。

"拿着。"她说,"你一半我一半。这是我送你的生日礼物。"

"可是这太多了。我从来没有过这么多钱,外婆。"

"那赶紧收起来，别跟任何人说。总有一天你会用着的，不过还是趁早花光了的好。你看，别等到你妈回来了。你到我屋里去，打开那个柜子，右手边第一个抽屉里有些个小口袋，是我晚上出门的时候拎的，选一个你喜欢的，放你的第一笔钱。这才是一份完整的礼物。"

那天下午萨拉觉得蛋糕的味道比以前任何时候都好，好像第一次尝到一样。

"没有什么比从容地好好聊会儿天儿更爽的了，连食物吃起来都更香了。"外婆说。

然后她们到起居室里等着艾伦夫人回来。萨拉把她的七十五美元装在一个天蓝色带亮片的绣花小袋子里，藏在胸前的衬衫下面。

"钱能生钱。"外婆说，"看看我能不能找着个有钱的男朋友。你帮我找一个得了。你觉得我是不是太老了？你看我还能找着男朋友不？"

小姑娘去找袋子的时候，看到了挂在柜子里的绿衣服，于是答道：

"我觉得你不老，你很漂亮，尤其是穿绿衣服的时候。"

外婆忽然显得有一点伤感。萨拉察觉到此时最好不要和她谈起奥雷里奥。萨拉真希望自己能给外婆找来一个新男友。但是怎么能做到呢？她从来就不能独自出门。

她们最后谈到了孤独和自由。外婆对萨拉讲到自由女神像是一百年前从法国带到纽约的。雕塑者是一位阿尔萨斯艺

术家，他的母亲非常美丽，他当时就是用他母亲的面容制作了一个面具，作为自由女神面容的原型。外婆送给她一本详细解释自由女神像的小书，好让她回家去读，因为外婆已经听到艾伦夫人的脚步声了。

"孩子，咱们没时间了。"外婆说。

那是腾云驾雾的半小时。

就像在梦中一样。

米兰福。

译者注：

① 没有面包，饼也挺好：西班牙谚语，形容退而求其次。

② 柴郡猫：《爱丽丝漫游仙境》中的角色，一只咧着嘴笑的猫，有凭空出现或消失的能力。

③ 宾果游戏：玩者持有一张数字卡，第一个凑齐庄家喊出的全部或第一组数字者胜出。

④ 秘写台：secreter，意为写字台，因与秘密 secreto 拼写相近，且为配合下文，所以称其为秘写台。

五
中餐馆里的生日聚会、约瑟夫叔叔之死

萨拉的生日是个星期五，她穿上了妈妈送的生日礼物，一条百褶裙和一件带红点的紧身上衣。艾伦先生决定在一家中餐馆里庆祝，还请来了泰勒夫妇。

"你知道吗？罗德也会来。"在去往水管公司接她爸爸的路上，快要到的时候，艾伦夫人坏笑着对萨拉说，"这是你的生日聚会，所以应该有个男孩，你觉得呢？"

萨拉没有回答。罗德现在没那么胖了，不过还是像个木头墩子。他在街区里以欺负女生闻名，所以萨拉决定不理他。

"我以前没告诉你是想要给你个惊喜。"艾伦夫人补充道，"然后，最后还有个惊喜呢。你很快就看到我们会过得多开心了。"

但是过得并不开心，至少对萨拉来说。那家餐馆里光线很暗，墙上用红、黑和金色画着几只长腿的鸟儿，还有几个漂着花朵的水箱，不知道为什么，让人觉得有点伤感。桌上铺着纸桌布，摆着几盏红色的灯，屋里飘散着一股中餐典型的那种酸酸甜甜的味道。萨拉早就认识这个地方，因为这儿的老板李福钦①先生是她爸爸的朋友，有几次她爸爸耗到很晚都不回家，她妈妈就会拉着她的手到这里找他，两人总是吵着架回家。

他们把两张桌子拼在一起，中间摆上纸花，安排萨拉坐在罗德边上。罗德正聚精会神地鼓着两边的腮帮子大嚼呢，既没时间，也没兴趣说话。当他妈妈问他喜欢吃那个不，或者想不想尝尝那边那道菜时，他只能通过点头，或者从塞满了食物的嘴里发出一种哼哼声表示同意。桌子上大盘小碗地摆满了各种菜肴，以至于稍微动一动就难免碰倒了杯子或者油了袖口。所有的菜吃起来味道都差不多，大人们的主要话题无非围绕着某道菜和比起其他的来哪个更好吃之类的，当然也包括泰勒先生引起的一致好评，因为他是他们之中唯一能够熟练使用筷子吃饭而不需要借助勺子、叉子的人。李福钦先生也经常笑眯眯地凑过来问他们是否对饭菜满意。

"依我看，这是一桌大餐，哥们儿，一桌真正的大餐！"艾伦先生满意地回答，"再添点三鲜饭，加个咕咾肉。"

"会剩下的，塞缪尔！"艾伦夫人小声提醒他。

"剩什么剩，见鬼了！过一天乐一天，是不是，萨拉妞儿？"

"不过今天晚会的女王吃得太少了，像小鸟一样。"李福钦先生说，他注意到萨拉完全没胃口地叼着叉子，"你不喜欢吗，美女？"

"喜欢，先生，非常感谢！"萨拉回答，"都挺好的。"

她只是想外婆。

其实，她一直觉得吃这件事挺没劲的，而谈论正在吃的东西，或者要去吃什么，就更加无聊。但不管怎么说，这次聚会毕竟是为了给她庆祝生日，而且她父母都挺享受的，兴致也很高，还给她穿上了新衣服，尽管上衣有点扎，而且挺热的，但她应该知足了。想到这些，她试图让自己开心一点，装一装可爱。但是当她看到罗德那不停鼓动的腮帮子，听到餐具和碗碟碰撞的声音和笑声时，她开始盯着墙上画的长腿金爪金嘴的鸟儿看，不知道为什么她特别想哭。

当天的甜点是一种硬硬的像蛋卷一样的小点心，里面装着一个意外。当你咔嚓一声把它掰成两半时，里面会掉出来一些小纸条，长长的像各种颜色的蛇一样，每张纸条上都写着一句话。于是大家吵吵着互相问："你那上面写的什么？"大家都觉得这句话就是属于他自己的了，于是哈哈一笑。

萨拉的那张是紫红色的，看着非常鲜艳，然后她直接收起来不想给别人看，但他们一再坚持让她念出来。上面写着："福无双至，祸不单行。"她觉得他们会相信这句话是她自己想出来，然后用魔法写在纸条上的。使她不安的是，她当时心里想着的恰恰就是读到的这句话。谁能有读懂别人想法的超能力呢？她一动不动地望着虚空，仿佛周围发生的一切都与她无关。

她只是在想外婆，想着在她家短短的时间里做的事情，还有她们一起说过的话。

艾伦夫人一直盯着她看，然后用胳膊肘碰了碰泰勒夫人。

"你看见没？"她小声嘀咕着，"这就是我跟你说过的她出现过好多次的那种表情，不知道怎么回事。吓着我了，她也不知想什么呢，我看是我妈在她脑袋里施了幻术了。"

泰勒夫人微笑着友好地轻轻拍了拍她的胳膊，好像是安慰她。

"我们都是从这个年纪过来的，这就是个爱幻想的年纪。"她宽容地说，"不过她可是越长越漂亮了。"

"是啊，你看看，这也是我担心的事情。就现在这个世道……"

"拜托，薇薇安，别什么都担心。放松点，姐们儿，高兴起来！"

"你说得对，琳达。要是没有你劝我，我真不知道该怎么办了……不过，我也搞不懂，只要我一放松下来，总觉得要发生什么不好的事。"

"打住，姐们儿，你可别乌鸦嘴……"

正当聚会看似就要结束了的时候，李福钦先生从厨房端来一个蛋糕，上边插着十根点燃的小蜡烛。

艾伦先生非常高兴，站起身来开始扯着脖子唱"祝你生日快乐"，不仅他们这一桌人包括罗德都开始跟着唱，就连餐厅里其他桌的陌生人也都参与进来。艾伦先生微笑着指挥这支合唱队，双手像交响乐团的指挥一样夸张地挥舞着。萨拉垂下头，害臊得要命。

"来啊，闺女，别那么扫兴！你想什么呢？吹蜡烛啊！"艾伦夫人用责备的口吻说道，"你不许个愿吗？你得求点什么啊。"

萨拉集中精神。"我想看到外婆重新穿上绿色的衣服。"她对自己说，连指甲都掐进手掌里去了。

然后她使出全身的力气，几乎疯狂地吹着蜡烛，好像是希望这场聚会越快结束越好。十支蜡烛几乎同时熄灭，她听到周围响起了掌声。

"好运来了，这说明会交好运。"泰勒夫人肯定地说，"你没忘记许一个愿望，对吧？"

"没有。"萨拉说。

"那一定是个秘密，是吗？"

"是的。"萨拉说。

李福钦先生递上餐刀，掌声更加热烈了。

"你切蛋糕，我帮忙。"

"先给我，我要一大块！"罗德说，一边用胳膊肘推开别人把盘子递过来。

"这蛋糕卖相可真不错！"泰勒先生推荐道。

艾伦夫人满足地微笑着。

"这就是来朋友开的餐馆的优势。在别处人家可不会给这种福利。"她说。

李福钦先生冲着艾伦太太挤眼。泰勒夫妇不解地看着他们。

"这是薇薇安昨天晚上做的。"艾伦先生宣布道，"草莓蛋糕，她最拿手的，是不是，小妞？都能和甜狼的有一拼了。"

她做了一个假装谦虚的动作，表示自己的丈夫言过其实了。"甜狼"是全曼哈顿最有名的一家蛋糕店，能制作七十五种不同的蛋糕。就在中央公园附近，另外还有两间茶馆，尽管面积都很大，但是去那吃下午茶的时候还是从来找不到空位。

"别说得那么夸张，伙计！"艾伦夫人说道，"先让他们尝尝。我觉得这次做得不错，不过这得让他们来评价。"

他们几个人都尝了，除了萨拉，他们连个蛋糕渣也没剩下。

"我想去尝尝甜狼了。"菲利普·泰勒提议，"可不是嘛，就当打个赌了。咱们找个周末，在那定个位，就点草莓蛋糕，跟薇薇安的比较一下。这主意不错吧？"

"照我说，就这么定了。"艾伦先生说。

萨拉注意到，这是他第一次在邻居面前为草莓蛋糕感到骄傲。他满意地看着自己的老婆。

"要是不怎么样，"泰勒先生接着说，"咱们就把老板叫来，跟他说：'就您还号称蛋糕之王呢，算了吧，伙计！女王在这呢，这位才是真正的蛋糕女王！'他肯定没话说了，就算是甜狼也就那么回事。"

大家都笑起来，艾伦夫人着迷地望着菲利普·泰勒。

食物都吃完了。作为压轴大戏，草莓蛋糕的颂歌也演唱完毕。

尽管艾伦夫人说自己已经很累了，但当晚还是又做了蛋糕，因为第二天就是星期六，她们还得像平常一样，去外婆家。

当艾伦夫人正从烤炉里取出草莓蛋糕，萨拉在自己的房间里读外婆送给她的那本关于自由女神像的小书的时候，电话响了起来，艾伦先生到起居室接了电话。从厨房和萨拉的房间里都能听到对话的片段，时而是激烈的言辞，时而是令人伤感的沉寂。艾伦夫人侧耳细听。"不可能，这不可能！"艾伦先生断断续续地嚷道。

萨拉从房间中出来，在走廊里碰到了妈妈，她正用围裙擦着手。

"怎么了？"小姑娘问道。

"我也不知道，孩子。我去看看。好像是什么坏消息。"

萨拉回到自己的房间，但开着门。不一会儿，她听到哭声。然后电话挂断了。她爸妈在走廊里相拥而泣。她跟着他们来到厨房。她妈妈一边抽泣一边说：

"真是不幸啊，塞缪尔，我得多哭一会儿好赎罪。就在刚刚吃饭的时候我还跟琳达说起过呢。她说我乌鸦嘴。是啊，真是乌鸦嘴……可怜的约瑟夫！”

过了一会儿，萨拉才得知，他爸爸的一个兄弟，她没见过面的约瑟夫叔叔，在芝加哥附近他住的地方遭遇了一场车祸，并且在这次事故中丧生了。

飞来横祸让艾伦夫人备受震动，她对丈夫表现出了从未有过的温存，坐在他的膝头，像亲吻孩子一样亲吻他。她一边给他泡上一杯椴树花茶②，一边和他商讨去芝加哥的一些细节。艾伦先生回到自己的卧室找来了一些列车和航班时刻的小册子。

“我觉得你也去是添乱，薇薇安，这样旅费就得加倍。而且你们也没怎么见过面。”他一边说，一边看着小册子，用一台袖珍计算器算着账。

但是他没法说服她。在这么个紧要关头，她怎么能抛下他一个人呢？哪怕她是疯了，头等大事就得排在头等。另外，要是他出席了葬礼而没有带她，亲戚们会怎么说？说不定以为他家庭破裂了呢。

“可怜的萨拉！”她爸爸在做决定的时候，看着她说道，“过个生日最后成了这样！”

但除了这句评语之外，他们再也不和她提这件事，也不征求她的意见。于是她又回到自己的房间继续阅读，因为她觉得这场混乱和她没什么关系。相反外婆送给她的书倒令她兴奋异常。书的蓝色封皮上印着女神像的面部特写，书名叫作《建设自由》。

在一系列打电话、窃窃私语和从一个房间到另一个房间跑来跑去的脚步声之后，艾伦夫妇来到了女儿的房间。

萨拉正和衣躺在床上。建造自由女神像的想法出自法国。负责此项工作的是一位阿尔萨斯的雕塑家，名叫弗雷德里克·奥古斯特·巴托尔迪③。建造工作始于1874年，当时以他的母亲作为模特制作了只有九英尺④高的第一个模型。

她读到这些的时候已经在半梦半醒之间了，幻想着巴托尔迪夫人变成雕像之前还是一个女人时的样子，爸爸妈妈进来吓了她一大跳，陪他们一起来的还有琳达·泰勒。她一开始没明白是怎么回事，不知道为什么，赶紧把书藏了起来。

他们来告诉她，他们即将乘坐三小时后的晚间航班前往芝加哥。第二天，星期六，将举行约瑟夫叔叔的葬礼。星期日晚上他们就回来了，在此期间她将住在泰勒家。

"但是我们得去给外婆送蛋糕啊，你们跟外婆说过吗？"

"多亏你想着，孩子！"艾伦夫人说，"我们这就给她打电话。"

"走吧，小美女，拿上你的衣服跟我上楼去。"琳达·泰勒用监护人的口吻说道。

"这些是家里的钥匙，你下楼来取什么东西的时候可以用。"艾伦夫人提醒道，"拜托了，我的闺女，你刚刚满十岁了，到了负起责任的年纪了。我希望你能表现得好一点。"

"她当然会表现得好啦，"琳达拿腔作调像唱歌似的说道，

"你是个负责任的小姑娘对不对？"

萨拉既没有看她，也没有回答。

译者注：

① 李福钦：此处为音译。

② 椴树花茶：花草茶的一种，有舒缓紧张情绪的功效。

③ 巴托尔迪（Frédéric Auguste Bartholdi, 1834—1904）：法国著名雕塑家，生于阿尔萨斯，死后葬在巴黎蒙马特公墓。他一生中留下无数雕塑作品，但最重要的还是纽约自由女神像。

④ 合 2.74 米。

下篇　历险记

你对谁说出了你的秘密，就是交出了你的自由。

——《卡利斯托和梅里贝娅的悲喜剧》①

译者注:

① 《卡利斯托和梅里贝娅的悲喜剧》：又名《塞莱斯蒂娜》，相传为费
尔南多·德·罗哈斯或无名氏所著，出版于1499年，讲述了一个
以喜剧开始、悲剧结尾的爱情故事，被认为是西班牙文学史上仅次
于《堂吉诃德》的伟大作品。

六
卢娜蒂奇小姐登场、拜访奥康纳检察官

每当夜幕降临，高楼顶端的霓虹灯纷纷亮起，曼哈顿的街头和广场上总能看到一位极老的妇人的身影，她衣衫褴褛，戴着一顶大宽檐帽，帽檐几乎完全遮住了脸。她长发披肩，发白如雪，有时在风中飘舞，有时梳成一条及腰的大辫。她总是拖着一辆空婴儿车，款式极其古老，车型硕大，车轮极高，车棚已经破损严重。她经常走访的那些九十街的古董店和拍卖行，给她出价到了五百美元，她都没肯卖。

她会看手相预测未来，她的口袋里装着一些小瓶子，里面装着包治各种疼痛的油膏。她东游西逛，哪里马上要出事她准会出现在哪里，比如火灾、自杀、围墙倒塌、车祸、斗殴现场。就是说，她总是以和她的年纪极不相称的速度在曼哈顿游走。以至于有人确信，在同一夜晚的同一时间，看到

她分别出现在相距遥远的布朗克斯和村庄区①两起不同的冲突现场，甚至有新闻照片为证。一点问题都没有，因为只要照片里有她，哪怕只是出现在背景里，不是焦点人物，单凭她那另类的外貌特征，绝对不会被人混同为某个普通的乞丐。这就是她，著名的卢娜蒂奇小姐，这个外号江湖上流传已久，关于她的那些奇闻怪谈早就让她成了坊间的传奇。

没有任何档案资料可以证明她的真实存在，她既无家庭也无确切住址。她习惯于边走路边唱一些非常古老的歌曲，独自漫步的时候会唱一些民谣或者催眠曲，快速行进的时候则唱英雄赞歌。她时而驻足于第五大道的豪华橱窗前，时而拄着她那个带双头鹰形状金属手柄的拐杖在郊外的垃圾堆旁转悠。一旦找到一些家具或者值得留下的破烂儿，她就会捡起来放在她的小车上，运到认识她的那些拍卖行去，只要能换来一盘热汤就行。

她有很多朋友，各行各业的都有，也有没工作的。人人都喜欢她，因为她没有一般老年人常有的毛病，比如老在讲一些莫名其妙的车轱辘话，也不管有人听没人听，或者听的人有没有急事，有没有听烦。她和人聊天的时候会察言观色。有时候她也很能说，但是不会主动给别人讲她的故事，总是要等到别人要求她才讲，通常情况下跟让别人当听众相比，她更喜欢自己当听众，她说这是为了获得经验。

"您都那么有经验了还要经验干吗，卢娜蒂奇小姐？"有的人这么问她，"您不是什么都知道吗？"

她总是耸耸肩。

"人的事情可不是。人总是在变，每个人都是一个世界。"她回答道，"我喜欢别人给我讲点什么。"

她和卖假珠宝的、卖汉堡的游商聊，和非洲人、印度人、波多黎各人、阿拉伯人、中国人聊，在地铁站长长的通道里或者宾夕法尼亚站的站台上，在大喇叭嘈杂的报站声中和迷路的旅客聊，和饭店的门童、滑冰者、醉汉以及在中央公园南侧停车的马车夫聊。每个人都有故事可讲。有的是童年风景的再现，有的是对亲人的思念，有的则是陷入麻烦求别人的建议。这些故事会在卢娜蒂奇小姐独行的时候供她消磨时光，她总是一边走路一边回忆那些故事，以免会忘记，她身上的破布就像节日的金色彩带一样，使她的形象仿佛笼罩在光环之下。

她还致力于收留无主的野猫，并且联系条件好的人家收养它们。谁都无法理解，在纽约这样一个人与人之间缺乏信任的地方，她是怎样取得这些联系的，不过如果看到她在广场饭店或者莱克星顿大街的珠宝店门口和一些锦衣华服的人聊天，真不是什么新鲜事。

她是消防队员们的好朋友。有人多次看到她和他们一起坐在闪着灯的红色消防车上呼啸而过，所有人见到都要躲开，尽管这是绝对的违法行为。她最喜欢的事情就是拉那根镀镍钟上的绳子，每当叮叮当当的钟声响起，卢娜蒂奇小姐藏在宽大帽檐下像羊皮纸一样干硬的面颊就会因兴奋和喜悦而容光焕发。

她最乐此不疲的事情就是走访那些边缘人群生活的区域，她最喜欢的说辞，就是给绝望者灌输信心，帮助他们找到烦恼的根源，并和他们的敌人和平共处。尽管收效甚微，但她从不气馁。她已经多次因为不请自来地插手别人的事而遭骂，有一次甚至在哈莱姆区②的一个公寓里被人家踢了出来，因为她试图去保护一个黑人，当时那人正被另外四个比他壮实得多的黑人暴打。

"快走吧，卢娜蒂奇小姐"，看到她倒在人行横道上，旁边一家洗衣店的老板娘说道，"不管怎么说，您这是拿着珍珠项链给猪戴③。"

"别说了。"她说着，一面站起身来，把帽子从地上捡起来。"我肯定是没解释清楚，要不就是他们实在是气糊涂了。"

如果有人问她住在哪里，她会说白天在自由女神像里面睡大觉；晚上的话，人家在哪个街区问的她，她就回答住在哪里。她总是陪着像她一样的光棍，陪着混迹于滋生各种罪恶的地下赌场的苦命人，睡在公共座椅上、废弃的房子中以及过街通道里。

她自己说她有一百七十五岁，就算那不是真的，但她对拿破仑死后世界历史的了解以及如数家珍地讲述19世纪艺术家和政治家的故事还是很令人敬佩，而且她非常肯定地表示她和其中的几位过从甚密。尽管有人笑话她，但是大多数人都很尊敬她，因为她不仅从不伤害任何人，而且说话谨慎，

还带有鲜明的特征——总带着轻微的法国口音，也是因为她尽管穿着乞丐服，但举止行动总是高昂着头，带有一种高傲而遗世独立的风度，无论是面对蔑视还是崇敬，总是步伐坚定。她总是对自己的行动负责，只插手那些她想插手的事情。

就是因为这个脾气，她经常介入到两拨醉汉或者是危险的罪犯之间的冲突中，试图用一种合理的方式让双方和解，所以有好几次被当成嫌疑犯牵连进了一些疑案当中。她不止一次在罪案中被一伙人误当成另一伙人的同伙，这伙人在完全没顾忌她年纪的情况下用刀捅了她。但是事后据现场目击证人惊讶的讲述，她是刀枪不入的。因为，当时尽管对方攥着白花花的刀子铆足了劲恶狠狠地捅了她，却没人看到卢娜蒂奇小姐瘦弱的身体流出过一滴血。另外，尽管警方逮捕过她很多次，却从来找不到任何证据指控她。

一位哈莱姆区的资深检察官很钦佩卢娜蒂奇小姐的勇敢精神、她在下层社会中的广泛关系以及她在疑难案件中作证的能力。于是在一个冬天的下午，他把她叫来，给她提供了一份合同。如果她肯与警方合作，做警方可靠的线人，她将得到一笔数量相当可观的钱。她对此感到愤怒，并表示通知官方哪里发生了火灾，有人从屋顶房檐上掉了下来或者哪里紧急需要救护车和成为一个爱打小报告的人完全是两码事，她还没疯呢。至于钱，多谢了，但是那对她毫无吸引力。

"我要钱干吗用，奥康纳先生？"她问道，"我倒想让您给我讲讲。"

她双手交叉放在桌子上，检察官盯着她那因风湿而变形并且被冻得通红的手指。

"用来养老。"

卢娜蒂奇小姐扑哧一声笑了。

"对不起，先生，我1885年就到了曼哈顿了，"她说，"您觉得这还不足以证明我自己可以安度晚年吗？"

奥康纳检察官从桌子另一边好奇地打量着她。

"1885年？就是运来自由女神像的那一年？"他问。

卢娜蒂奇小姐的嘴角绽开了一丝充满怀念的微笑。

"完全正确，先生。不过您可别审讯我。"

"我只想请您回答我一件事，"他说，"我听说您没有明确的收入，又从来不乞讨。"

"是真的，那又怎样？"

"少安毋躁，我这可不是审问您，我只是想帮助您。您真的对钱一点兴趣都没有？"

"没有。因为它已经变成了一种目标，使人们丧失了在自己的道路上不断进取的乐趣。另外，现在钱做得也不好看了，不像过去的钱，那手感跟珠宝似的。"

检察官看到，当卢娜蒂奇小姐讲这番话的时候，她从绿色天鹅绒的口袋里掏出几枚钱币来玩。它们个儿不是很大，闪着绿莹莹的光，看上去十分古老。他很想问问她是从哪弄来这些的，因为他从来没有见过这样的钱币，但又怕引起她的不信任所以没敢问，他还想接着听她说点什么。对话停顿了一下，这时她把钱币放回了口袋里。

"现在的不行了，"她叹了口气接着说道，"现在的钱就是一堆脏兮兮皱巴巴的废纸。我手里一旦有了点钱，马上就想把它散光。"

"您说的这些废纸，"检察官打断道，"您总得需要它们来过生活吧。"

"人们常这么说，是的，为了生活……但是什么才叫生活呢？对我来说生活就是不慌不忙，欣赏一些事物，听别人讲伤心的往事，有好奇心和激情，不说谎，和活着的人一起分享一杯酒或者一片面包，骄傲地回忆从死去的人身上得到的教训，不允许别人羞辱或者欺骗我们，没有数到一百之前不回答是或者否，就像唐老鸭做的那样……生活是懂得独处，进而学会与人相处，生活是解释和哭泣，生活是笑……我一生中认识了许多人，检察官，相信我，以为了生活为名去挣钱，太认真的话就会导致忘记生活本身。就在昨天，差不多就是现在这个时间，我从中央公园路过的时候碰到了一个很有钱的人，他就住在那附近，我们聊了一会儿。好吧，他感觉到莫名的沮丧，觉得生活既无意义又无趣味。当然了，他被一些愚蠢的事情困扰着。在那一刻，感觉我像个百万富翁，而他像个乞丐。我们成了很好的朋友。他说他一个朋友也没有。好吧，有一个，不过早就受够了他了。"

"真是件趣闻。"奥康纳先生说道。

"是的，可惜我没时间给您讲细节了。我过一会儿得到他家去给他看手相。尽管我不知道能起多大作用，我昨天已经劝过他了，因为我看到一个开放的未来，不是封闭的。"

"这是什么意思呢？"

"就是说我不提供答案，只是指出他面临的道路，让人们自己去选择。伍尔夫先生现在渴求答案，恐怕他是需要有人指引他，也许是因为他受够了总是被人服从。埃德加·伍尔夫就是他的名字。他开的蛋糕店非常有名，大把地挣钱。"

检察官吃惊地看着她，两眼瞪得溜圆。

"埃德加·伍尔夫？蛋糕之王？您要去埃德加·伍尔夫的家？他住的可是曼哈顿最豪华的宅子之一，您知道吗？不过他可是出了名的不好接触，从来不接待任何人。"

"那么您看到了，可能是我跟他处得还不错吧。您是觉得我只和失去财富的人接触吧。尽管我现在这么想，"她纠正道，"其实伍尔夫先生也是个失去财富的人。对我来说，唯一的财富，我跟您说，就是懂得生活，就是自由。钱能让人失去自由，亲爱的检察官。看看您周围，读读报纸吧，亲爱的检察官，您想想是不是所有的犯罪、战争和谎言都是钱闹的。自由和钱是完全相反的两个概念，自由和恐惧也一样。但是最后，我占用您太多时间了，我可不是来给您演讲的。至于您的建议，我已经说得够多的了。您不这么觉得吗？所以如果可以的话，忘了我吧。"

奥康纳检察官用若有所思和困惑的眼神望着她。

"这么说您既没有钱也没有恐惧？"

"我没有，您呢？"

检察官的面色阴沉了下去。

"我有恐惧，有很多次，这我得向您坦白。"

"那这对于您的职业来说可不好，恐惧会滋生恐惧。另外，您觉得哪里恐慌？胃这个地方？"

检察官思索着，一边用手隔着上衣触摸那个部位。

"嗯，是的，差不多就是这里。"

"行了。这是最常见的。您稍等，我来看看。"

卢娜蒂奇小姐当着吃惊的检察官的面从腰包里翻出来一些小瓶子，在桌子上摆成一排。

"我的天啊！很抱歉。我原来有一种专治恐惧的灵丹妙药，不过别人都给我用光了，那个是需求最多的。"

之后，她一边收起那些瓶子一边补充道：

"当然，还有另一种方法可以驱散恐惧，不过这不算是个药方，因为您这方面一定要有耐心才行。您就坚持这样想：'那些让我恐惧的东西既不会来也不会去。'坚持这样做就会让恐惧渐渐离您远去，直到渐渐淡化消失。"

"我还是不明白。"

"几乎所有人都不明白，所以我说靠别人给开药方收效甚微。您自己体会一下，差不多一天，很快，您就会明白了……最后，您可以放我走了吗？"

奥康纳检察官表示同意，但当看到她站起身，拉着她的小车向门口走去时，忽然感到很伤心，好像害怕这是和她的永别一样。于是他叫住她，她疑惑地停下来。

"卢娜蒂奇小姐，"他说，"您可真神奇！"

"谢谢，先生。我儿子以前也经常这么说，他现在已经长眠了。一位伟大的艺术家，尽管他的名字已经被埋葬在人们反复无常的记忆中了……您还有什么要说的吗？"

"是的，我不想看到您饥寒交迫。"

"不必担心，我不会的。"

"我觉得难以置信，请原谅我这么说。您是怎么做到的？如何打理好一切继续向前？"

卢娜蒂奇小姐停在屋子中间，将帽檐向上翻起，神情肃穆地看着奥康纳先生。她的黑眼珠在苍白而又布满皱纹的脸上闪烁着光芒，像燃烧的火炭一样。而她本人，在光洁的墙壁背景下，像一尊蜡像。

"用不存在的骑士的话讲，要发挥意志的力量。"

"您的另一位朋友？"检察官问道。

"算是吧，尽管那是个虚构的人物。您喜欢看小说吗？"

"非常喜欢，不过我没时间读。"

"如果您能抽点时间的话，我向您推荐这本《不存在的骑士》④，不是很长。今天我从双日出版社的橱窗经过时，看到里面有用意大利语翻译的译本。"

"您都把曼哈顿转遍了！我觉得您一刻不停。"

"是这样的，您说得有道理。我不理解为什么人们总说无聊，对我来说从来都不够时间做所有我喜欢做的事……现在很抱歉我要告辞了，我得去见伍尔夫先生了。在此之前我想先坐着马车在中央公园里转一小圈。当然了，是免费的。有个安哥拉的马车夫答应我的，他欠我人情，我曾经说服他的一个女儿放弃了自杀。就说到这儿吧，再见了，检察官。"

奥康纳检察官站起身来为她开门，然后和她热情地握手。

"我希望咱们还会见面，"他说，"一生很长，山不转水转。"

"我相信会的，您随时吩咐。"她微笑着回答道。

"那没别的了，女士，祝您健康！穿暖和点，这天冷得要下雪了。"

"你也一样。现在是十二月份了。"

离开之时，寒风凛冽，吹得卢娜蒂奇小姐的满头白发在风中乱舞。她加快了步伐直奔一二五街而去，她要到那里搭地铁去哥伦布环岛。

她哼唱着一首阿尔萨斯的赞歌，不禁想起了蛋糕之王埃德加·伍尔夫。

译者注：

① 村庄区：The Village，曼哈顿南部的一个街区，分为东村区和西村区两部分。

② 哈莱姆区：Harlem，又译为哈林区，位于曼哈顿最北端，原为黑人聚居区，是曼哈顿最贫穷、犯罪最为频繁的街区。

③ 拿着珍珠项链给猪戴：西班牙谚语，形容明珠暗投，把好东西送给不值得的人。

④《不存在的骑士》：意大利小说家伊塔洛·卡尔维诺（Italo Calvino，1923—1986）的作品，是其代表作"我们的祖先"三部曲中的第一部，其他两部为《分成两半的子爵》和《树上的男爵》，分别讲述了人如何实现自我、通向自由的三个阶段。

七
蛋糕之王的财富、耐心的格里格·门罗

埃德加·伍尔夫住的摩天大楼整栋都是他自己的，一层接一层，一个电梯挨一个电梯，一扇窗户靠着一扇窗户，一道走廊连着一道走廊。从这栋楼的地下室直到四十层，总共有超过三千人在里面工作，他们都是蛋糕之王旗下的员工。尽管还有些空余的办公室，但没有一间是租给其他单位的。不过这些可用的空间也越来越少了，由于业务发展到了顶峰，需要更加先进的设备，更加时髦的装潢，还有持续更新的机器。

至少伍尔夫先生是坚持这样认为的，因为众所周知，富人们总是想增加他们的财富，所以要源源不断地挣钱。当他有空的时候，就会背着手到那些空着的房间上上下下地来回溜达，时而若有所思地停下来，掏出盒尺来丈量墙壁。他浓

密红头发下面的尖脑袋里，会冒出漫画里的云状对话框，里面全是计划中要扩展的事业的图景，扩大广告部、烹饪实验室、书店、原材料准备车间、行政办公室，一个楼层作为化学科研室和国外托运送货部，三个楼层安置烤炉和厨房。没有人能说服他放弃满脑子装着的那些没用的计划，因为他一旦想到，就要立刻付诸实施，甚至都等不了请著名的建筑师和设计师提出改进方案后再开工，他活着就不是为了别的事。

这么个价值百万的产业，每年都会更加繁荣并且出名，不过它的起源，只是多年前位于十四街的小蛋糕店，起初由埃德加·伍尔夫的祖父经营，然后是他父亲。唯一可以把这个跨国蛋糕企业和那个被人遗忘的小蛋糕店联系起来的共同之处就是店名，由它的第一个主人注册，一直保留至今。当然，店名是以家族的姓氏命名的，一直叫作"伍尔夫甜品店"或者"甜狼"①。尽管埃德加·伍尔夫的一些广告宣传顾问劝他放弃这个店名，因为它既过时又没有商业价值，但他还是坚定地要求保留它而不接受他们提议的任何新店名。

几年以后，全曼哈顿都知道要想品尝"甜狼"的蛋糕，必须先在位于半层的两间巨大的茶室订位，或者到占地千余平方米的地下楼层的豪华蛋糕店柜台前排队。埃德加·伍尔夫常会把他的某个智囊叫到办公室，毫不客气地炒他的鱿鱼，然后慷慨地给他一大笔赔偿金，因为他倒从来都不是个吝啬的人。

"我不喜欢身边有笨蛋。"他这样告知他们。

"您为什么跟我们这么说呢，伍尔夫先生？"他们中一位胆子比较大又会拍马屁的人问道。

"因为店名没什么商业价值。去他的，如果真是这样的话。"

茶室和蛋糕店入口处的转门上都画着一只正在舔自己的狼的金色标志，蛋糕的包装纸以及餐巾纸上也都印着它。

当孩子们从"甜狼"门口经过时，总是会被玻璃后面用绸缎或天鹅绒衬着的各种各样他们从没见过的招贴画吸引，而且这些珠光宝气的玻璃后面的甜品形象看起来比盘子里的还有食欲，所以他们一到带有 E. W. 标志的橱窗前就走不动了，闻着转门里源源不断地飘出来的香味露出垂涎欲滴的表情。于是乎这地方经常能听到有小孩任性地哭泣，甚至是号啕大哭，因为这些孩子无数次拒绝离开，他们的妈妈只好使用暴力把他们从那儿拖走。

刚烤好的牛奶面包、糕点和蛋糕的味道弥漫着整个街道，实在是太香太容易引起食欲了，造成某位不胜其扰的无名氏编了个顺口溜广为流传，说是：

> 甜狼就是那家店，
> 光是闻一闻，
> 能当茶点和早饭。

楼房的前后各有一条具有防盗防火作用的巷道，建筑本身是八角形的，最下面是大型甜品店，其上是"甜狼一店"和"甜狼二店"两间茶室，作为整个建筑最宽阔而且坚固的基础，由十六根粗大的巧克力色大理石石柱支撑。再向上每五层面积就会递减，直到最上面的第四十层。这种越往上越细的结构所表现的视觉效果正是建筑师想要达到的设计意图，就是想让它看起来像，实际上也很像一个蛋糕的样子。此外，为了让人们真切感受到自己是站在一个巨大的蛋糕面前，从建筑的装饰上还做了很多细节上的处理，比如窗户上面的装饰做成蛋白酥的样子，墙面的边饰和颜色交替用饼干、榛子、乳糕、巴旦杏仁、草莓、糖果、花生糖、巧克力等，逐层向上，直到顶端的八角形天台。

这个天台也是整个摩天大楼最引人注目的地方，上面用巨型有色玻璃模拟出各种水果的形象作为装饰，而且就用它本来的颜色。以收到最大的写实效果：有香蕉、红醋栗、柠檬、苹果、樱桃、梨子、橙子、李子、葡萄、无花果和草莓。它们都体积巨大，以便人们在街上就能清楚地欣赏到。

每当夜幕降临，通过第四十层楼连接到水果内部的电力系统，可以使它们发光，那种特别的光影效果常常吸引旅游团和好奇的群众聚集在楼前的人行道上，愣神向上看，还不停拍照。因为众所周知，游客们喜欢的不是看东西，而是记录它们。天台上的水果轮流亮起又熄灭，仿佛在跃动中前进一样，直到一起暗下来一小会儿，然后突然像爆炸一样全都亮起来，同时从每一个中间像喷泉一样向夜空中喷射出金砂，随后像瀑布般光闪闪、静悄悄地徐徐落下。

说实话确实精彩，因为在最后，为了给这场别出心裁的表演做一个完整的收尾，每个玻璃水果之间会升起几根白色的柱子，顶上闪闪发光，看起来就像给生日蛋糕插上蜡烛一样。为了让这些假蜡烛看起来更加逼真，在火苗中设置了可以使其变大、变小并且改变方向的装置，差不多和风向标指出的风向一致。

所有的这些光电技术效果都是通过顶层的一间控制室操控的，那里也有其他设备，如空调机、净水器、锅炉、各种烟囱，像一个广阔的王国一样，此外还有各种管道系统、阀门、按钮、水龙头、拉杆、闭路电视和各种各样的机器设备，以维持整个企业的正常运转。在那里，第四十层的控制室，是"企业的内脏和大脑"，格里格·门罗经常这样幽默地说，他是伍尔夫先生的老员工，负责修理和维护所有这些设备，他平时一丝不苟，从来不允许有任何让人头疼的状况出现。

"当然了，至少有一半的麻烦是你给我找的，埃德加，每次你没事找事制造一堆麻烦，全都扔给我替你解决。"他有时不耐烦地对他的老板说，"说真的，我不是什么都能搞定，我早就跟你说过了：说不定哪一天我就受够了你了。"

"我都不知道你用这句话威胁我多少年了。"

"你就好好珍惜吧，我比圣约伯②还有耐心呢。不过我的耐心总有用完的一天，这是当然的。"

在所有蛋糕之王旗下的员工之中，格里格·门罗是唯一

埃德加·伍尔夫

用"你"来称呼他而且敢这么跟他说话的人。

他从十岁起就来到十四街的蛋糕店里当学徒工，仅仅比老店主的儿媳妇分娩生出了埃德加·伍尔夫早了一周。埃德加·伍尔夫没有其他的兄弟姐妹，从小体弱多病，既娇惯又淘气，格里格从他出生起就待他很好，比任何人都更了解他。

他是埃德加第一个大朋友，也是所有人里最忠实于他的。他曾经教他画画、骑自行车、做弹弓、打老鼠、刻木头、修理坏掉的机器。再大一点，为了替他出头在街上跟人打过架，替他遮掩过错以便逃过父母的惩罚，也曾给他讲过自己的泡妞经验。总之，他既是他的同谋，又是他的心腹，还是他的情感顾问。

但是那个机灵、固执、充满想象力的孩子很快有了新的野心。尽管他与格里格的联系从未中断（通过信件和电话），但职业的不同还是造成他和他的朋友在纽约接下来的生活中逐渐疏远了。格里格·门罗成了绘图员、布景师、电影摄像以及电子设备的发明家，这些工作让他声名鹊起，最后成为曼哈顿最受欢迎的专业声光技师之一。

直到有一天，当埃德加·伍尔夫的生意发展到他认为必须要找一个自己绝对信任的人来支持他的时候，他想到了格里格，并且给了他一个经济收入仅次于自己，位居公司第二的优越职位。格里格当时刚刚丧偶，子女们都已经成家而且住得很远，于是他接受了老朋友的聘请，不是因为优厚的经济条件，而是因为他感到孤独、疲倦。而埃德加最善于利用感情作为纽带来打动别人，特别是在对方处于衰老和倒霉境地的时候最有把握。

后来，当然了，他可没想到"甜狼"需要他解决的事情难以想象的多。问题不仅是来自"内脏和大脑"，也同样来自它的主人，因为他几乎从来没有朋友，也不相信任何人，所以老门罗的陪伴让他非常舒心，什么事都需要找他，放手让他去干。

"小子，你这也太过分了，这事根本就不是我的业务。"某天，当他被问到和蛋糕质量相关的问题时说道，"你可别想着让我每天都下厨房去尝刚出炉的产品，那非把我撑死不可。这事你应该找你那些答尔丢夫③师傅去，另外，你给他们设计的那种印着草莓和苹果的制服可真是搞笑，我都不知道他们穿成那样上电梯怎么能不觉得害臊。"

老门罗的特点就是亲切而真诚，他的生活哲学因幽默而精彩，没有人会对他亲切的批评感到不爽。另外，埃德加·伍尔夫最需要的就是两样东西：亲切和批评。

"但是那些人不喜欢我，不像你，他们总骗我。像草莓蛋糕的事情，如果不是你告诉我，我都不知道。"

"但是不知道什么？我可没跟你说过什么！哎呀，拜托了，埃德加，咱别再提什么草莓蛋糕了！……"格里格十分紧张地说道。

"当然了，你现在想息事宁人了，因为你人好。但是几个月来全曼哈顿都反映，说我的草莓蛋糕是垃圾，这是砸我的牌子啊，据说吃起来像糖浆的味道。真是抹黑，我的天啊，给'甜狼'抹黑！当然这不是你造成的。"

"算了吧，拜托！"老门罗激动地嚷道，"你想自己找别扭，随你的便。不过这事我可什么都没跟你说过，是你自己魔障了。我只跟你提过一次，就是有一天我心血来潮请我一个孙子在下面吃蛋糕，他连一块蛋糕都没吃完，因为他觉得有点干……"

"不对，你说过你自己也尝了，然后……"

"哎呀，我不记得我跟你说过什么了，倒霉的草莓蛋糕！那个也许不是你做出来的最好的蛋糕，但也不至于这样。我要是再给你提什么建议那才是见鬼了，我跟你在一块的时候再也不张嘴了。"

"但是糟糕的是问题还摆在那里没有解决，这才是最糟糕的……"

"问题！问题！"格里格·门罗嘟嚷道，"谁都能看得出来你从来就不知道真正的问题是什么。"

的确，埃德加·伍尔夫好几个月以来被草莓蛋糕的问题闹得着了魔了。他雇了几个侦探乔装打扮混在"甜狼一店"和"甜狼二店"的顾客中，收集所有关于草莓蛋糕的负面评价并及时向他汇报。其实评价并不都是负面的，事实上多数公众还是认可的，但的确听到有不止一桌的顾客反映，不是产品质量下降了，而是从来就没啥质量。

埃德加·伍尔夫每天被这些密报搅得心神不宁，夜不能寐，他第一次面临自己的生意名誉扫地的厄运，而他又彷徨无策，因此变得歇斯底里。

他接连辞退了好几个蛋糕师，因为他认为，这些人中没一个掌握真正有效的配方。另一方面，这造成了"甜狼"的草莓蛋糕每隔十五到二十天就会变换一次口味，而且消费者们能够明显察觉到这一点。因为值得注意的是，美国的公众都比较传统，对于创新可不那么友善。所以这样的变化，造成新口味根本没有时间被公众接受从而稳住阵脚。于是消息不胫而走，这倒是事实。都说那家蛋糕店的草莓蛋糕那么有名，又那么贵，但现在已经不是从前那个味了。

那些侦探除了向埃德加·伍尔夫提供他们耐心细致的研究结果外也找不到什么解决的方法。"甜狼"的常客们都带着明显的疑虑来品尝草莓蛋糕，并且狡黠地做出未卜先知的评价。

"我觉得今天做得好了一点点。"一位太太一边喝着茶一边说道。

"得了，别说了，芭芭拉，在这样一家店里我们吃的东西都没有完全的保障……"另一个反驳道。

"这倒是的，应该有个统一的标准。"

"当然了，亲爱的，我们至少可以要求每天吃到的蛋糕都是一种味道吧，因为我们是在甜狼，不是吗？要不，我们在百老汇随便哪个柜台站着吃不就得了。"

埃德加·伍尔夫开始一反常态地离开他那个街区，在整个曼哈顿奔走，到村庄区的各类咖啡馆微服私访，从莱克星顿大街到第五大道。他头上扣顶毡帽，帽檐遮到眉毛，戴着黑墨镜，坐着他的一辆豪车从头到尾走遍了大街小巷。彼得，他最信任的司机，总是被他老板逼着在最不可能的地方停车，因为他眼睛总是直勾勾地盯着路边的橱窗，让直觉告诉他哪里能够发现让人垂涎欲滴的甜蜜猎物。由于尝遍了各式各样的草莓蛋糕，他的味觉已经紊乱了，根本吃不出这种和那种的区别来了。很多个夜晚，在回家的时候，他感到万分沮丧，于是让彼得把他放到中央公园，在那独自散散步，想想事儿。他戴着墨镜慌不择路的样子，简直就像个逃犯，而不像个有钱的商业巨子。

最后实在没招了，只能在曼哈顿最好的报纸上登广告，对提供真正的、家常的、传统的草莓蛋糕配方的人许以重金。以致广告部主任每天疯狂地接电话："是的，是的，您没打错，请说，没错，这是甜狼的电话。"埃德加·伍尔夫觉得很失败。

"可是这有什么好失败的，哪个孩子吃死了！"他的朋友实在受不了他整天怨天尤人的抱怨，跟他吵道，"你已经五十岁了，拜托了，埃德加。好好享受生活吧，花掉你凭诚信挣来的钱，出去旅行，去看电影，找一个喜欢你的女人，我怎么知道……"

"是啊，喜欢我的女人，好像很容易似的。"

"我不知道怎么就不行呢，你现在是最好的年纪，只要稍微上点心，结果肯定错不了。你试过认真地谈一次恋爱吗？"

"可是为了什么呢，如果人人都嫌弃我？"

"当然了，如果你带一个女人去跳舞，然后整晚跟人家讲你的草莓蛋糕没有巧克力的好，估计她肯定得说要去找个梳妆台抹点口红，然后就再也不回来了，换成是我也会这么做。"

"别揭我的伤疤了，格里格。你知道得太清楚了，从来就没有女人会爱上我。"

"当然了，因为你太没劲了。女人都喜欢别人关注她，花时间陪她。你从来都没爱上过谁，是吧？所以我说你得去爱，这是你最需要做的，去爱上一个风趣的女人，来场热恋，燃起你激情来，给她快乐的生活，这样的话她也能让你快乐。总之一句话，忘掉那些没意义的想法吧。你以为我成天忍受这些烦人的破事很正常是吗？"

"你要是真觉得我没劲，回你房间去，少理我！"

"我倒真盼着你少理我呢！"

他们总是气哼哼地各走各的，尽管这个气也生不了多久。

格里格·门罗的乐趣非常简单，他总是穿一件灰色的罩衫，大部分时光都在四十楼度过。每当不用忙着修机器的时候，他就会打开右墙上那扇装着镀镍弹子锁的小黑木头门，回到自己简朴的家里，画画、阅读、听音乐，这是他最喜欢做的三件事。有时他的孙子们会来看他。

不过他想要享受这种休闲时光而不被打断实在太难了，

埃德加·伍尔夫的房间和他的一样大，而且就在他的脚下。最让他忍无可忍的是，当格里格·门罗由于家庭原因去了一趟加利福尼亚，刚刚回来就发现他的老板竟然派人修了个奇怪的圆柱形电梯，把他们这两层楼连通了起来。最让他恼火的是他问都不问他就把自己这个发明付诸实践，简直"是可忍孰不可忍"，不是好朋友该干的事。

"我这么做无非是想给你个惊喜。"埃德加抱怨道，"真是狗咬吕洞宾④。"

"我才不要你的惊喜呢，我受够了你和你的惊喜了。你现在简直是不让我活了。你就是个自私鬼。"

"我不是自私鬼，格里格，我就是太孤独了，我就只有你了，干吗对我那么凶？"

最后格里格还得安抚他，并且感谢他提供了这么天才的交通方式，使他们无论白天黑夜都能见面，好让他随时去抚平他的伤痛并且应对这位蛋糕之王喜怒无常的情绪。

在那个十二月的下午，埃德加·伍尔夫显得异常烦躁。他就像笼子里关着的狗熊一样在他宽大的办公室里踱步，一根接一根地点烟，不停地看表。

最后，他步履沉重地走上了通向他卧室的螺旋形楼梯。那里空间广大，除了隔断大型卫生间的绿色大理石墙壁，屋顶和其他几面墙都是镜面的，只有通向天台的那个小门是玻璃的。他打开那个门走出去。

他绕开高大的月桂树和游泳池边的雕像，走上三级台阶，来到高高的圆形栏杆前。在那下面，中央公园的幽暗树丛形成了一个巨大的长方形，里面全是阴暗而神秘的道路。他闭上眼睛，以避免眩晕，也是因为不想看楼上离他如此之近的那些巨大的水果发出的光。他的背后是他自己的霓虹灯广告墙，充当了诸多装饰着树林的闪光彩灯之一。他不禁打了个寒战，天气很冷。

他惊异于自己的这份慵懒，仿佛回到了年轻时代，他真想趴在什么人的怀里大哭一场。

他又看了看表，已经七点半了。已经不可能了，很明显卢娜蒂奇小姐不会来了。他疯狂地想念着她，就像追求一个虚无、妄想而又荒诞的梦。

他花了将近一个小时来等那个头天下午从公园的树丛里冒出来的神奇的陌生女人。他们都说了什么？对话从哪里开始的？她是如何做到给他灌输了他忘怀已久的那些关于爱、关于生活、关于缘分的信念的？她到底对他说过什么？

他根本无法向格里格·门罗解释这一切，而且也没敢跟他提起她当时的穿着打扮，更没说起她拉着的那辆小车。当然，这次经历太过奇怪而且特殊，以至于格里格最后实在听不下去这段痴人说梦的故事，赶紧逃出去看电影了。可能真有这么回事，还是他让草莓蛋糕闹得又发疯了？

每当卢娜蒂奇小姐和某人离别时，特别是那些和神秘事件少有接触的人，总会在她的身后留下一些蛛丝马迹，但是那种模糊的印象又像海市蜃楼一样虚无缥缈。

她的缺席让埃德加·伍尔夫感到失恋般难受。但是不应该啊，他可从来没有等谁超过五分钟。

她不会来了，都已经快八点了。他已经给前台打了五次电话了，还派了两个私人侦探在下面打探，但是没有。在"甜狼"附近转悠的人中没有一个符合她的特征。

他需要出去散散步，也许在公园里还能碰到她呢。他忽然极度渴望走出去，但与此同时又非常平静。他找不出任何具体的理由出去散步，然而他感到有一股活生生的力量把他拉向公园，仿佛召唤他前往希望的中心。

他进入卧室，照着镜子。霓虹灯广告的光芒反射在这间豪华房间的所有墙壁上，映得伍尔夫先生的红发也闪闪发光，使他的形象看起来既神秘又有趣。他抓起大衣和帽子，朝着走廊走去，那里通向他的快速私人电梯。

译者注：

① 伍尔夫在英文中就是"狼"的意思。

② 圣约伯：《圣经·约伯记》中的主人公，受到魔鬼撒旦的试探，先后被剥夺了财富、子女和健康，但他始终对上帝毫无怨言。

③ 答尔丢夫：法国喜剧大师莫里哀作品《伪君子》的主人公，后成为"伪君子"的代称。

④ 狗咬吕洞宾：原文为西班牙谚语"养了乌鸦，反被它啄瞎了眼"。

八
卢娜蒂奇小姐和萨拉·艾伦相遇

卢娜蒂奇小姐在哥伦布环岛站下车时，用她的小车拉着个小男婴，因为在车厢里她发现小孩的妈妈——一个未老先衰的年轻女人带着很多行李，几乎拿不了这么多包袱。她陪他们走到换乘的另一段地铁的车厢，那小男孩很喜欢小车的摇晃，高兴得直乐，而且小手抓着车的两侧，试图站起来。后来，他竟不愿意从小车上下来，当卢娜蒂奇小姐把他抱起来还给他妈妈的时候，他便啜泣起来。

"非常感谢您做的一切，夫人。"孩子妈说道，"别这样，拉伊，别哭了……他好像喜欢和您在一起。"

那孩子果然死命地抓住了卢娜蒂奇小姐脖子上几条褪色的围巾中间露出来的项链，项链上有很多不同形状和大小的吊坠。

"不要。"她说，"他看上我这个小铃铛了。你喜欢听它的响声，嗯？……等一等。"

当妈妈把孩子抱回去，并且拿回小车上的某个包袱时，那孩子开始委屈地哭起来。卢娜蒂奇小姐从口袋里掏出一把小剪子，熟练地从项链上剪下来一个镀银的小铃铛，因为个头儿的原因使它在其他护身符之中显得很突出。她愉快地摇着小铃铛，引得那孩子伸着小手急忙把它抓了过去。于是孩子的哭声变成了喉咙里发出的胜利的欢呼。

"不行，真没礼貌！"妈妈反对道，"还给人家，拉伊！这是夫人的……谢谢您，夫人，小孩子都不知道自己想要什么。"

"这我可不同意，您看到了。我觉得正好相反，只有小孩子才知道自己想要什么。"卢娜蒂奇小姐回答道。

那女人用好奇的眼神看着她。

"另外，这对您来说肯定也是一段回忆。"

"是的，当然，不过回忆对我来说都是一样的。车来了。拿着，您落下了一个包。再见啦，小帅哥，亲我一下。"

她看着他们挤上了车，然后透过画满涂鸦的车门看着他们微笑的脸。她感到很开心的是，在一群拥挤不堪的陌生人当中，有一个叫拉伊的小男孩带着她的东西。在玻璃窗后面，是那女人热情洋溢的脸，她正试图在保证行李不掉在地上的前提下，抓着拉伊那胖乎乎的小胳膊向卢娜蒂奇小姐挥手道别，并且用他笨笨的小手指头摇着铃铛。但是铃铛还是掉在了地上，真见鬼！他妈妈赶忙弯下腰去捡。卢娜蒂奇小姐无法看到事情的结局，因为车启动了。

她看着列车被隧道一口吞掉之后，开始向出口走去。她忽然感到很沮丧，不由得弯下腰踽踽珊珊前行。多年以后她的小铃铛会去向何方？拉伊长大以后会怎样？她忽然想到人和事永不停歇的变化，那些离去的人，那些逝者如斯的往事。她感到一阵眩晕。"我太老了！"她想，"我真想把我这些记忆中最秘密的包袱全都卸给一个更年轻的、配继承它们的人，但是那会是谁呢？……算了！和检察官聊天的时候看得出他对我产生了感情。但是不行，你不会同意的。"

她注意到了，因为内心有个声音提醒她要警惕。她不能向厌世的情绪妥协，要坚持不被这些黑色的念头控制而跌倒。"你如果掉进这井里，你就完了。"内心的声音这样说道，"因为你一旦落在那里，就什么也看不到了，你一直都知道。"是的，她知道。她还知道，什么也看不到的话，就是放弃生存了。她有一个方法从来不会失误：让头脑来控制一切，挺直身板，一往无前，眼睛看着正确的方向。

她走在通向地铁出口的一条宽大的地下通道里。事实上她好像对会见蛋糕之王没什么兴趣了。好吧，到了街上再决定。当务之急，是坚定步伐，知道向哪里去。

她调整了步伐，昂起了头，与此同时，眼前出现的景象立刻吸引住了她的目光，使她刚刚沉重的心情立刻烟消云散了。

就在熙来攘往、摩肩接踵的人群中，人们推推搡搡、川流不息，根本没注意到一个小女孩正靠着地下通道的墙壁，垂着头默默地哭泣。她十来岁的样子，穿一件肉红色带风帽的雨衣，胳膊上挎着一个盖着方格子餐巾的柳条篮子。

卢娜蒂奇小姐停下来看她，立刻明白了这不经意的一瞥为什么会让她如此激动。因为这让她回忆起在她儿子小的时候，她送给他的那本《佩罗故事集》①封面上画的小红帽了。

她穿过了挡在她们面前的人流走近那个小女孩。那女孩看到地上卢娜蒂奇小姐的一双旧鞋停在了自己的鞋子跟前，于是抬起一双泪眼，看着她。不过她并没有因为面前这人的古怪的形象而感到惊异和恐惧，相反，她的眼中重新焕发出轻松和信任的光芒。而卢娜蒂奇小姐已经很久没有看到过这样透明而纯真的目光了，她那颗老心脏仿佛被一堆不期而遇的篝火烤热了。

"你怎么啦，美女？你迷路了吗？"她甜甜地问她。

小姑娘摇摇头。然后从雨衣口袋里掏出手绢擤擤鼻子，擦干眼泪。

"不是。这个站是离中央公园最近的一站，对吗？"

"是的。你是进站还是出站？"

"出站……确切地说……我想出去。"她气恼地纠正道。

"我也是啊。那么你想让我陪你吗？"

"谢谢。不用麻烦了。我有地图。"

"哦，你有地图啊！那怎么还哭呢？"卢娜蒂奇小姐追问道。她发现小姑娘又要哭了。

"说起来话长，"她轻声回答道，重新垂下了头，"太长了。"

"好吧，这不重要。值得讲的事情讲起来都很长。不过我只想知道你是想讲呢还是不想讲，这才是重要的。"

那女孩着迷地望着她。卢娜蒂奇小姐从她的泪眼深处发现了因激动而迸发出的火花，这使她想到了阳光即将刺破雨云的一瞬间，仿佛马上就要出现彩虹了。

"想不想？哦，是的，特别想！"女孩表示，"但是我能和谁讲呢？"

"比如说，和我。"

"真的吗？"

"当然。你觉得很奇怪吗？你真的是本地人？"

"不是曼哈顿的，我住在布鲁克林。我现在要去北边，去莫宁赛德，我外婆家。确切地说，本来想去……我停在这里是因为……好吧，因为我从来没独自出过门……我想看看中央公园……但是，突然间……我也不知道，我觉得很愧疚。"

"拜托了，孩子，愧疚，这个词可真不好听！"

说着话，卢娜蒂奇小姐坚定地抓住了她的肩膀。

"走吧，咱们到外边去。"她说，语气既平和又有说服力，"咱们在这儿老是被人推来推去。我认识一家很惬意的咖啡馆，就在林肯中心②边上，咱们在那可以好好说会儿话。你愿意把篮子放在小车上吗？"

"好吧。"女孩说道，一边把篮子交给卢娜蒂奇小姐。

"那走吧，把手给我。"

在上到地面之前她们没再说话，外边吹来一阵冷风。在他们背后是一个中央有哥伦布雕像的广场，更远处则是一个大花园的栅栏。女孩虽然没有松开卢娜蒂奇小姐的手，但一路上走走停停。她从口袋里掏出一个指南针对着看，一边深呼吸。她如饥似渴地到处看，好像不想漏掉任何细节，包括商店的橱窗、珠宝般闪光的酒吧。旁边驶过一辆黄色大卡车，车里的一个爵士乐团正在用他们的乐器闹哄哄地演奏着《顺其自然》③的各种变奏，但是当你想注意它时，它却消失得无影无踪，甚至让你感觉并没有真的看到过它。

前面一家影院的门前聚集着一群衣冠楚楚的人士。一辆加长的黑色汽车缓缓驶来，车子有三个车门，车窗上遮着纱帘。有一个穿着灰衣服、戴着金色绶带的混血司机，下了车给车上的人开门。从车里伸出一条女人修长的腿，脚上穿着精致的水晶鞋。

"是灰姑娘吗？"女孩问道。

"不是。"卢娜蒂奇小姐答道，"我觉得她叫凯瑟琳·特纳④。不过又像是葛洛丽亚·斯旺森⑤，没什么的，反正是个不上不下的明星。"

"咱们能去看看她吗？"女孩一边说，一边拉着她的同伴往那个方向去。

卢娜蒂奇小姐没有回答，但任由她拉着走。

"你可真好。"女孩说道，"我和我妈一起走的时候，她什么也不叫我看。"

一群摄影师云集到了刚从黑色汽车下来的女人跟前。她穿着银色的套装。陪同她的是个高个的金发男子，穿着企鹅一样的正装，但人太多看不清楚。

"这汽车可真少见，是吧？"女孩说。

"这是百万富翁们经常坐的车，在曼哈顿有好多，这叫豪车，上面有电话、酒吧、电视。总之，孩子，什么都有。咱们离开这儿，走吧，如果你不介意的话，回头他们又把我照进照片里，该说我跑到这种地方来炫耀了。"

女孩看着她。

"你曾经是艺术家吗？我外婆曾经就是艺术家。"

"我不是。"卢娜蒂奇小姐说，"不过我曾是一位艺术家的缪斯⑥。"

"我不太懂什么是缪斯，"女孩说，"那不是长着翅膀的女神吗？"

卢娜蒂奇小姐微笑着，慈爱地捏了捏女孩出于信任而交给她的小手。

"我们之中有些是长翅膀的，没错。不过无论如何，我是个特例，当然这说来话长。咱们从这边过马路吧，这些人以为马路是他们的。"

在路灯的光线下，寒风吹来一片片细小的雪花。女孩仰头望着天空，望着高楼顶上茂密的花园、围栏和雕像，还有那些划破夜空的霓虹灯广告牌不停闪烁：字母与图画互相追逐，令人目眩神迷，纵横交错，此起彼伏，如同童话世界一般。女孩挣脱了卢娜蒂奇小姐的手，张开双臂向天空跳起来。

"哦，我自由了！"她呼喊道，"自由，自由，自由！"

泪水再一次从她冻红的面颊上滑落。

"行啦，孩子，别再哭了。"卢娜蒂奇小姐对她说，"来看看咱们能不能成为闺蜜。"

"闺蜜就算了，不过可以做朋友，非常好的朋友。我现在哭不是因为伤心，而是因为高兴。我从来没有……我是说从小时候开始……我也不知道，感觉到自由是发自内心的，那种感觉说不出来，您明白吗？"

"有一点明白。"卢娜蒂奇小姐说，"不过你别老停下来，走吧，风太冷了。一会儿咱们坐在我说的那个咖啡馆，你可以把想说的都说给我听。"

"什么都行吗？"女孩怀疑地问道，"那可太多了，您还有急事，有其他的事要做吧？"

卢娜蒂奇小姐笑了起来。

"我有急事？没有。就算有，我也从来都觉得没什么事比听故事更重要的。"

"太巧了！"女孩说，"我也一样。"

"那么我们可以轮流讲。看来咱们两个都很走运。"

"就是说您也会给我讲？我想听您给我讲讲刚才说到的关于缪斯的事。"

忽然一阵强风袭来，刮走了卢娜蒂奇小姐的帽子，而且卷着它在街上打转。女孩赶紧跑去追它，在一个下水道口处把它捡了回来。一辆出租车差点撞上她，出租车司机非常恼火地从车窗里伸出头，骂了几句她们听不懂的脏话。当她把帽子还给卢娜蒂奇小姐的时候，很奇怪她竟然没有骂她，像一般的大人遇到这种情况都会做的那样，而只是淡定地站在人行横道边上等她。她不戴帽子显得更老了，不过同时又显得更年轻了，这真是怪事。缪斯就是这样的吗？很快女孩发现这个女人的脸上充满了疲惫与伤感。

"谢谢，孩子。你腿脚可真灵活！"她一边说着，一边把围脖解下来好把帽子系结实，"对了，你叫什么名字？"

"萨拉·艾伦。您呢？"

"你现在可以叫我卢娜蒂奇小姐。"

"那您可以给我讲缪斯的事喽？"

"可以。不过你看，我从来不喜欢在聊天之前就事先限定内容，随意才好。你看到的那个是纽约戏剧中心，演出音乐会和芭蕾舞的地方。咱们得从那门口过，好到我说的那个咖啡馆去。走吧，萨拉，孩子，走快点，你走路像乌龟爬一样。"

"这是因为所有的东西都太漂亮了。"

"好吧，是的。不过咱们来齐步走怎么样，一二，一二……"

加快步伐后，她们一边一个拉着小车的把手，走过了戏剧中心门前三角形广场上的但丁·阿利吉耶里⑦塑像，在巨大的台阶前，寒风吹过，旗幡招展。卢娜蒂奇小姐又开始哼唱在检察官办公室门口就开始唱的那首古老的阿尔萨斯赞歌。而萨拉看得眼花缭乱，在等绿灯过马路的时候还在东张西望。

译者注：

① 《佩罗故事集》：也称《鹅妈妈的故事》，是童话的奠基人法国作家夏尔·佩罗（Charles Perrault，1628—1703）的作品，其中包括《小红帽》《灰姑娘》《林中睡美人》《小拇指》《蓝胡子》《穿靴子的猫》等不朽名篇。

② 林肯中心：纽约市古典音乐演艺中心，其中有大都会歌剧院、纽约州立剧院等很多知名演出场所。

③ 《顺其自然》（Let it be）：英国披头士乐队（The Beatles）的经典名曲。

④ 凯瑟琳·特纳（Kathleen Turner）：美国女星，生于1954年，主演过《体热》《绿宝石》等影片。

⑤ 葛洛丽亚·斯旺森（Gloria Swanson，1897—1983）：美国女星，主演过《日落大道》等影片。

⑥ 缪斯：古希腊神话中的文艺女神，一共有九位，各负责一种艺术门类。

⑦ 但丁·阿利吉耶里（Dante Alighieri，1265—1321）：意大利文学奠基人，留有不朽名著《神曲》。

九
巴托尔迪夫人、一次失败的电影拍摄

那家咖啡馆的女服务生们头上都戴着小蝴蝶结，脚踩着旱冰鞋从一桌到另一桌穿梭。尽管如此，她们手里还端着盘子，盘子里放着杯子、瓶子和冰激凌杯，照样能稳稳地保持平衡。这是她们引以为傲的标志性熟练动作，如果你从角落里观察就会发现，这里的地面并不在同一高度上，那些女服务生可以熟练地在各层之间的台阶上下跳来跳去，好像双脚完全不受轮子的影响，她们不但自己不会跌倒，而且盘子就像粘在她们手上一样不会掉落，需要刹车时，脚踝只需轻轻一扭，之后马上又可以恢复滑行所需的动力，继续在柜台与桌子之间的黑白相间的地砖上行进。桌上用玻璃铃铛罩着的红蜡烛照明。

那天下午这里正在拍电影，所以人山人海地挤满了观众。

在门口，有个年轻人站在一群看热闹的人和一辆拖着几捆电缆的银色拍摄车前面。此人戴着个方格的棒球帽，好奇地看着试图进酒吧的那个戴宽檐帽子的老太太和穿红衣的小女孩以及她们那辆怪异的小车。

"您二位来当群众演员的吗？"他问她们。

她们没有立刻回答，但是互相看了一眼，窃窃私语了几句。

"你说什么？"老太太从小车后面欠着身问道。

"我想进去，拜托了，卢娜蒂奇小姐！我想进去！"女孩说道，一边踮起脚尖好让她的同伴听得更清楚，"有滑冰的！您从橱窗里没看到吗？太好啦！我要进去。"

"你看，萨拉，"老太太低声回答道，"如果你特别想要什么的话，不要说那么多遍，要淡定。"

"可是这小伙子说……"

"咱管这小伙子说什么呢，那些人把他放在那好让人觉得他什么都管，其实他什么也管不了。你特别想进去，是吗？"

"哦，是的，特别想。您不想吗？"

"我觉得这么吵咱们是没法好好聊天的，"卢娜蒂奇小姐说，很扫兴的样子，"这还不算什么，问题是这有可能会让你痛苦。"

女孩一直不停地用饥渴的眼神往里张望，这时她抬起头看着卢娜蒂奇小姐，眼中充满了不解。

"什么痛苦呢？"她问。

"有的时候问题本身，我的孩子，就包含了确切的答案。"卢娜蒂奇小姐微笑着回答，"既然如此，没问题的。你只要别忘记我说的：要淡定。"

于是她走向那个戴着棒球帽，正疑惑地看着他们的年轻人，做了一个戏剧中特有的手势，仿佛要推开碰巧挡住她路的某种讨厌的东西。

"您看，小伙子，我们可不是什么群众演员。我们是主角。"

"您这是什么意思？"他张大了嘴问道。

"就是我说的这个意思：没有她和我，就没有剧情，没有故事。明白吗？我们就是来这讲故事的。现在布景可能已经搭好了，别用这些没必要的小破事来耽误我们的时间。走吧，萨拉，进去。"

"请等一等，夫人，"小伙子慌乱地说，"请您出示一下证件。"

"证件？什么证件？……拜托了，别惹我。你得给我解释清楚。我是巴托尔迪夫人。您叫什么名字？"

"诺曼，夫人。"

"诺曼？……不认识。这肯定是搞错了。"

"可能是的……"小伙子说，此时已经完全茫然失措了，"这种情况，对不起。如果您不介意的话，我得去问问导演。"

"您爱怎么样就怎么样好了。真是无知者无畏。走，萨拉。"

诺曼从口袋里掏出一个黑色的小步话机，徒劳地想和一位克林顿先生取得联系。他最后看了一眼这些奇怪的访客，叹了口气，看了看手表，然后急匆匆地进去，一边嘟囔：

"已经来不及了。"

她们跟在他后面。

"他就像是爱丽丝的白兔①。"萨拉心里说。

诺曼都没注意到他自己分开众人给她俩开了道，他全速前进，根本没往后看，好像在找什么人。

"真好玩！"萨拉说，"他说咱们不能进，但是咱们进来了。"

"当然，从来就不用理会禁令，"卢娜蒂奇小姐说，"一般都没有什么依据。你走得自然点。这样，你和我说话，扶着车。"

"他们在拍电影呢！"萨拉兴奋异常地说，"您看这些钢轨，还有那个先生坐的小椅子……他像个洋娃娃，是不是？"

"是的，孩子，有点像；不过小心这些电缆，我的天啊！这帮人这些没用的装备！你看，那上边好像有一张小桌儿空着，咱们走。"

诺曼此时跑到了钢轨的尽头，金属椅子旁边，那上面端坐着萨拉觉得像洋娃娃的那位先生。此人很瘦，戴着眼镜，长着一头灰色的卷发。他用摇把将椅子降下来，斜着身子听那个戴方格帽子的小伙子的讲话，并且朝右边看过来。

"那个门童用手指着咱们呢！"萨拉吓坏了，赶紧告诉卢娜蒂奇小姐，"您觉得咱们是不是该找个地方躲起来？"

"躲起来？免谈！你就坐这。"

"您不坐吗？"

"是的，我是想找找看有没有我认识的服务员，不过今天太乱了，天知道她跑到哪去了……这儿可不是我要带你去的地方。"

"啊，不是吗？"

"不是，这地方很贵。"

"没关系！我有钱！"女孩得意地解释道，说着拍了拍上衣下面藏着的丝绸口袋，"您想要什么我请客……您注意到了吗？那些人一直在看咱们呢。"

"你不用理他们，要是他们敢来打扰咱们，我让他们好看。"

"这太好了，诺曼！"灰色卷毛男对戴方格帽子的小伙说道，"你从哪找来的？这正是我想要的！正好给背景氛围营造点异国情调……我的妈呀，瞧她们的样子！那女孩的圆点衣服真俗气，还有那雨衣……"

诺曼眼前一亮，这正好是他在头儿面前邀功的好机会。

"她们刚好路过，"他扯谎道，"我突发奇想觉得您可能会感兴趣。瞎猫碰上死耗子了②。"

"碰得真天才，亲爱的诺曼，天才啊。你看看她们！看那老太太围脖里戴的项链，还有那辆小车，拜托……看着就像费里尼③的发明！摄像机要悄悄地拍，假装是在拍全景，让查理抓拍一些她们说话的片段……等剪片的时候咱看看有什么可用的……不过，最重要的是，告诉瓦尔德曼，不要拍特写，谁也别吓着她们，让她们感到放松，完全自然地对话。"

"好的，"诺曼说，"这方面您就放心吧，克林顿先生，保证分毫不差。特别是那老太太，瞧这做派，说话那范儿像个侯爵夫人。"

"很好，她要真是侯爵夫人那就更好了。对了，她们想要什么就给她们上什么。真是绝了，回头得让他们把剧本里死气沉沉又无聊的那几段给我改改……行了，咱们别耽误工夫了，从警察进门开始重来一遍。"

诺曼重新回到门口去了，中途在柜台前停了一下，和一个留着大胡子、穿着牛仔马甲和法兰绒衬衫的摄像师助理说了几句话。

"那个大胡子先生拿的那个画着白色数字的黑木头牌子是什么呀？"萨拉问卢娜蒂奇小姐。

"这叫信号拍板。看见没？现在是打开的，只要一合上，就说明开始拍摄了。"

"您怎么知道这么多事情？"

"孩子，我在世界上闯荡多了。我们这些老人，要么跟上时代，要么不被任何人尊敬。我觉得把小车放在这儿不会挡路的。"

这时，一个穿旱冰鞋的女服务生满面春风地向餐桌滑过来。

"这是您认识的那个吗？"萨拉问。

"不是。不过，看来她的情绪不错。"

"她滑得真好！"萨拉妒忌地看着她，"我喜欢她的裙子，可真短啊。"

女服务生拐了好几个弯才来到桌前，但一直面带微笑。

"您二位想要点什么？克林顿先生请客。"

卢娜蒂奇小姐向女服务生手指的方向望去，发现那个灰色卷毛的导演正向她微微点头致意。

"你看多走运，"她低声对女孩说，"看来咱们和那个洋娃娃处得不错。"

"我要一杯巧克力奶昔。"萨拉说。

"双份还是单份？"

"给她个双份的，"卢娜蒂奇小姐说，"喝不了就剩下吧。给我一杯香槟鸡尾酒。"

这时，穿牛仔马甲的大胡子举起张开的信号拍板。

"安静！预备！第四组镜头！开拍！"信号拍板合上时发出一声脆响。

酒吧的时钟指着差一刻八点，街上一直下着的雪已经停了，卢娜蒂奇小姐第二杯香槟鸡尾酒已经喝掉了一半。

在她对面，她的同伴正低着头摆弄沾着巧克力的餐巾纸。她已经把雨衣脱下来挂在椅背上，不过她的圆点衬衫也是红色的，就像她冻红的脸一样。卢娜蒂奇小姐的嘴角一直挂着

愉悦的微笑，照亮了她的面孔，仿佛又恢复青春了。两个人都对正在拍摄她们的镜头完全视而不见，而是陶醉在信任所带来的安静之中。

"来吧，继续，小美女。"在停顿了很长时间后，卢娜蒂奇小姐说道。

"好吧，没什么可讲的了。"萨拉说，"剩下的您都能想象到了。今天下午，我趁泰勒夫人不在，下楼回到了家，带上草莓蛋糕，就跑出来了。有一股强大的力量驱使着我。从很多年前开始我就梦想着自己坐地铁去莫宁赛德看外婆了……但是到了哥伦布站，我忽然想出去一小会儿，看看中央公园，我没法克制这个想法……到了那个时候，还马马虎虎的都挺顺，但是突然间，当我自己在一群陌生人中间往出口走的时候，开始还感觉不错，挺自由的，但是那股力量一下子就没了，我也不知道怎么回事，反正是气馁了……然后您就在那儿出现了。"

"你说的好像遇见了圣人一样。"卢娜蒂奇小姐说，喜悦之情溢于言表，一面又喝了一口鸡尾酒。

"当然了！"萨拉激动地表示，"真的是这样，我就是这么觉得的：您的出现是超自然现象，是下界来救我的。我不知道是不是因为我看故事看多了……我当时感觉非常差，马上就要昏过去了。我当时感觉非常害怕，都喘不上气来了，我也不知道怕什么……那是一种特别少见的害怕，但很强烈……现在想起来，我还是不明白……"

她抬起明亮、无邪的双眸，看到坐在对面的女人投来的阴暗的目光，如此强烈而又神秘，这吓到她了，感觉好像是向一个无底深渊张望。不过她不希望对方察觉到。

　　"会不会是害怕自由？"卢娜蒂奇小姐正色问道。

　　她提问的同时高举起右手，并保持了一会儿，就好像握着一支假想的火炬一样。萨拉认出这是自由女神的动作时，感到些许不安。卢娜蒂奇小姐学得太像了。

　　"是吧，肯定是这样的。"她说，试图让自己的声音显得如释重负。

　　但是她觉得自己的心怦怦直跳。

　　两个人都安静了。女人的胳膊和女孩的双眼同时垂了下来。桌子上摊开的是奥雷里奥先生某天送给萨拉的地图，她已经向自己的新朋友介绍过这个人物了，也讲了这张老地图如何为她晚间的幻想提供了依据，她的神游曼哈顿以及自由的梦。这时，她的一根手指从中央公园出发，开始在纸上走一条随心所欲的路线，在画了几个圈之后，停在了南边那个小岛，那里画着一个小小的戴着尖刺王冠、手举火炬的绿色金属雕像。突然，对面坐着的女人缓缓伸出手，越过桌子，按在女孩的手上，仿佛要保护她免遭真实的或想象中的危险。

　　"那现在你不再怕我了吧，萨拉·艾伦？"一个不同的，完全不同的声音问道。

　　萨拉摇摇头，发觉那只手按得更重了，这让她心头一颤。卢娜蒂奇小姐的手不像以前那么皱了，而是又白又长，手掌的触感也很柔和。

"不要看我，"那个既无生气又好听的声音说，"你的手指很凉，我亲爱的……你在想什么？"

"我不敢说。"萨拉悄声说。

"说出来！"那声音命令道。

女孩咽了口唾沫。盯着地图南部标的那个小小的、旁边贴着颗金星的雕像。

"好吧，那……我注意到您以前说过……好吧，你说……你曾经是一位艺术家的缪斯……然后你告诉门口的小伙子说你叫巴托尔迪夫人……是的，你说了，我记得……我昨天的这个时候刚好在看一本叫作《建设自由》的书……然后突然……"

她停下来，觉得舌头发干，粘在上颚上。

"继续！"那声音急切地要求道，"拜托，求你了。"

"那个，突然间，我觉得我什么都明白了。"萨拉用细细的声音继续说道，"是的，我什么都明白了！我不知道怎样……怎样理解奇迹。因为就是这么回事……你，巴托尔迪夫人……你就是个奇迹！"

另一只同样白而柔软的手从下面插到萨拉的手下，这样萨拉的手被那女人的双手夹在中间，像抓住一只活蹦乱跳的小鸟一样。女孩察觉到了一丝淡淡的茉莉花香。她不想逃开，但心跳得越来越快，快到难以承受的节奏。她任由那两只手将她的手慢慢举起，凑向一双看不见的嘴唇。

"上帝保佑你，萨拉·艾伦，因为你认出了我。"巴托尔迪夫人说着，在女孩冰凉的小手上印了一个吻，"因为你看到了别人从来没有看到，直到今天都无人发现的东西。不要发抖，从此以后你不会再有恐惧了。请看着我的脸。这一刻我已经等了一个世纪了。"

萨拉把视线从皱巴巴的曼哈顿地图和沾着巧克力的餐巾纸上抬起，和对方火光四射的眼睛对视了几秒钟。那面孔是绝不会被混淆的雕像的脸，曾经从远处向数百万孤独的移民致意，重新燃起他们的梦想与希望。但是现在不用远望了，她近在眼前，还微笑着吻她的手。

这次显圣令萨拉头昏目眩，她不由得闭上了眼睛。当她重新睁开眼睛的时候，卢娜蒂奇小姐已经恢复了原来的样子，而且正站在那里骂着什么人。萨拉觉得背后很热，但不知道是怎么回事。后来她发现刚才照着她们的几盏大灯熄灭了。

"那么您几位能不能见鬼去，让我们安静一会儿？喂，萨拉，咱们离开这儿，他们把咱们给包围了……我看见他们了，他们带着器材偷偷摸摸围上来有一阵子了……是的，还有您，您以为我老了就傻了是吗，我说的就是您，克林顿先生，卢娜蒂奇小姐的友谊不是两杯香槟鸡尾酒和一杯巧克力奶昔就能买来的！推上车，孩子……"

萨拉被一种自发的力量推动着，和她的朋友同仇敌忾，于是也站起身来，茫然地看着四周。卷毛洋娃娃坐着他的升降椅从滑轨上来到桌边，探着身子前言不搭后语地向卢娜蒂奇小姐做着愚蠢的解释。

"拜托，夫人，别生气……这是个误会……我想给你们报酬……很好！另外……如果您愿意，"他压低了声音补充道，"我们现在就可以谈妥经济条件……但是不要走，我求您了。"

"我当然要走！现在就走！您算什么人就想摆布我，还跟我讲什么条件？花钱买自由，太过分了！哪见过这么办事的？"

酒吧里所有的人都往这边看，但萨拉意外地发现她并不感到害羞。突然间，一个场面闪电般滑过她的记忆，就是有时她们看望过外婆之后从莫宁赛德坐地铁回家，她妈妈哭哭啼啼的时候，她就害怕引起别人的注意。但和眼前的冒险相比，那场面实在是愚蠢、遥远而不真实的。她才不觉得被这帮人看着有什么可害羞的，这算什么！正相反，她以知道卢娜蒂奇小姐的秘密并无条件地成为她的朋友为荣。另外，她说得有道理：他们算老几，凭什么介入别人的私人对话？她不光想支持她的朋友并且追随她，而且她觉得发生的这一切，包括看着那个洋娃娃精神崩溃特别好玩。害羞？一点也不。她穿上雨衣，拉上小车。此时导演把他的助手们全都召集过来。

"拜托了，夫人，不要走！"克林顿先生在椅子上不断恳求，"你跟她说说，诺曼！你不是说她接受你的协议了吗？给她一千美元！两千！"

诺曼满脸羞愧，毕恭毕敬地朝老太太走了几步。

"我才没和这个年轻人有什么协议，也不想要什么协议！"卢娜蒂奇小姐轻蔑地表示，一边让他让路，"让开，搞得我们都迟到了，我们得走了。"

于是她朝着听到动静赶紧滑着旱冰鞋跑来看热闹的女服务员走去，用坚定的语气高声说道：

"请结账，小姐！"

"有人请客。"女服务员带着假笑回答道。

"用不着！现在就告诉我们多少钱？"

她用睿智的眼神和萨拉目光相交，她立刻心领神会。

"你不是要请我吗，我的孩子？"

女孩感到做梦都没梦到过的幸福，于是伸手从领口里掏出那个丝绸带亮片的小袋子，并且解开丝带。

"那当然，夫人。"她说。

然后她很自然地看着女服务员并且问她：

"请问一共多少钱？两杯香槟鸡尾酒、一大杯巧克力奶昔。"

"五十美元，小姐。"女服务员含混、犹疑地答道。

萨拉一边数钱，一边任由票子自己落在桌子上，她非常感激卢娜蒂奇小姐没有插手来帮忙算账。她一方面觉得奇怪，一方面为自己的自信感到陶醉。她只是听到卢娜蒂奇小姐在整理帽子的时候建议道：

"太夸张了！你连一分钱小费也不想给吗？"

"不想。"萨拉一边回答，一边把剩下的二十五美元放回袋子，塞回到衬衫里。

然后两人拉上车子，不再和谁理论，直接出门离开了。人们像她们刚来的时候一样让开去路，但是在一片肃穆的安静之中。

她们离开没多久，那种安静的气氛就被一些轻微的窃窃私语声取代，但很快又被克林顿先生介于疯狂和歇斯底里间的高声叫嚷所打断：

"谁去追上她们！把她们带回来！"他嚷道，但没有冲着任何人说，"我们不能失去这样的人物。"

窃窃私语声更大了，但是没人动。

"你们别告诉我最后那个场面什么都没拍……我是说那小女孩从领口里掏出来带亮片的小袋子那一段！我受不了了……拜托了，瓦尔德曼，回答我！"克林顿先生咆哮道，"拍上点什么没有？"

"没有，先生。我很抱歉，但是我得告诉您，"那个拿信号拍板的大胡子怯生生地答道，"您知道刚才是拍摄的间歇。"

这突如其来的打击彻底把克林顿先生逼疯了，他从来没有比现在更像一个螺丝松了的机械娃娃。他一边跺脚，一边扯着自己浓密的卷发，双手捂着自己气得变了色的脸，一边哭着重复道：

"你就是个白痴，诺曼！整个一白痴！你彻底把我的事业给毁了。去找她们！听见了吗？马上把她们给我带回来，拖也得拖回来。"

"说着容易，先生。"诺曼小声嘟囔着。

"当然了，对你来说骗我更容易。要不去把她们找回来，要不给我卷铺盖走人！"

诺曼急忙跑到门口，朝四面八方望去。萨拉·艾伦和巴托尔迪夫人早已消失得无影无踪了。

译者注：

① 爱丽丝的白兔：《爱丽丝漫游仙境》中带着爱丽丝进入仙境的人物。

② 瞎猫碰上死耗子了：原文为西班牙谚语"鼻子闻到了，脑子猜中了"。

③ 费里尼（Federico Fellini，1920—1993）：意大利著名导演兼编剧，主要作品有《我记得》《卡比利亚之夜》《大路》等，曾五次荣获奥斯卡金像奖。

十
歃血为盟、地图上关于前往自由女神岛的资料

　　两人默默地走了一会儿，小车在她们中间。她们刚刚走过一个红绿灯，沿着中央公园高大的铁栅栏，来到一个灯光昏暗的人行横道前。另一边可以看到坚固、豪华的建筑，穿着制服的门童站在一段台阶和一个上接防雨棚下达街面的坚实华盖前。街道上黄色的出租车和豪车静静地驶过，比之中心城区那种刺耳的噪声清静了很多。这里的空气也要好些，从阴暗的树林中穿过铁栅栏吹来的寒风沁人心脾。此时风停了，天也不冷了。

　　萨拉在一个亮着的街灯前停下来。

　　"听着，巴托尔迪夫人。"

　　"说吧，小宝贝。"

　　"你真的确定那些拍电影的没有看到你用雕像的样子说

话吗？"

卢娜蒂奇小姐笑了。

"完全确定。有些东西只有拥有纯净的双眼才能看到，就像你。"

"那你就住在雕像里喽？"

"白天是的。我在那里变老，以便给她注入生命，使她继续当一个给很多人照亮前程的火炬，一个年轻、没有皱纹的女神。"

"就像她的灵魂一样？"萨拉问。

"对极了，我就是她的灵魂。但是我已经烦透了，我很想晚上到曼哈顿来溜达。每当游客们不再去的时候，我就点亮王冠和火炬上的灯，好吧，要花很长时间处理上千个日常的细节。最后我得确定她睡着了才算完事，然后我就跑到这里来享受自己的时间。"

"好像你脱离了她似的？"

"是的，差不多是这样，说得不错。知道吗，你可真聪明。"

"我外婆也这么说。我也是要去找她才出来的，但愿能去。我外婆真的很聪明。我觉得她有些地方跟你很像。"

她们重新开始前进，萨拉沿着栅栏走，不停地瞄着中央公园里幽暗的树丛，在她的想象中，它们能起到催眠的作用。

"对了，"卢娜蒂奇小姐说，"你外婆不会担心吧。"

"不会。我和你说了，我出门前给她打过电话，她知道

我会耽搁一会儿，因为我要在中央公园转一圈。她特别喜欢这片地方，她还说我真走运，让我好好看看好给她讲。我希望她还醒着，因为她在看一本很有意思的侦探小说。她从来一点儿都不害怕公园，还经常下楼去莫宁赛德的公园，别人都说那里很危险。对了，你知道他们抓到布朗克斯的吸血鬼了吗？"

"至少到昨天为止还没有。我也忘了问奥康纳先生了……不过，听着，萨拉，现在我想，你想不想回泰勒夫人家去？"

"一点不想。我留了张字条给她，说我去看外婆了，晚上就住在她家。他们会耽误很久，因为他们去看电影了，罗德去他几个表哥家住了。她如果怕我骗她，她总是觉得我会骗她，她就会往莫宁赛德打电话，我外婆跟我是一伙的，肯定会跟她说同样的话。她可能会生气，不过我才不在乎呢，她又不是我什么人，而且她就是个做作的女人。"

"治得她没脾气。"卢娜蒂奇小姐微笑道。

"是啊。"萨拉说，"等我长大了，我要写神秘小说。今天晚上我获得了特别多的灵感。"

她们又默默地走了一阵。过马路时有几个行人和她们擦肩而过，他们用绳子牵着条狗，狗穿着衣服，站着走，还用松紧带扎着狗毛。

"听着，巴托尔迪夫人。"

"说吧，小宝贝。"

"你是怎么离开雕像到曼哈顿来而不被人看到的？"

她们之间的小车硬生生地停住了。卢娜蒂奇小姐四下看了看，见左右无人。

"这是个秘密，"她说，"我从来没跟任何人讲过。"

"你真的要告诉我吗？"萨拉问，她确信答案一定是肯定的。

卢娜蒂奇小姐伸出右手，和萨拉的手在装着草莓蛋糕篮子的小车上空紧紧地握在一起。

"我向你发誓，"萨拉严肃地表示，"无论发生什么，哪怕是杀了我，我也绝不会告诉任何人，包括我外婆……今后我恋爱了，连我男朋友也不告诉。"

"男朋友最不应该告诉，看在上帝的分上，孩子，男人的嘴最大了。"

"好吧，谁也不告诉。你有别针吗？我这就告诉你干吗用，你马上就看到了。"

"哎呀，幸好还有人陪我取乐。"卢娜蒂奇小姐说，一面在口袋里翻弄着找别针，"我这辈子净给人惊喜了，都给烦了。拿着，这儿有一个，幸好还找到了。也不知道干吗管这个叫别针，哪里也别不住，老是丢。"

她找到一个普通尺寸的别针，递给萨拉。萨拉打开别针，小心翼翼地扎在食指的指肚上，血立刻就流了出来。

"现在轮到你了。"她说着把别针还给卢娜蒂奇小姐。

"别说手指头，我连颈动脉都不会流血的。不过你等等，我得集中精神。"

她把左手悬在小车上，萨拉不知不觉地发现她的老手也不抖了，扭曲变形的指节也立刻消失了，同样变年轻了的右手挥动着别针，扎在另一只手的手指上。

"快点！别耽误时间，在我允许你看之前不要看我。"巴托尔迪夫人的声音说道，萨拉在女服务员滑旱冰的那家咖啡馆已经听过了。

女孩于是从命来完成这一任务，她用力挤着自己的手指肚，贴到对方那又柔又白的手指上，用她精致的指甲完成了仪式。在那一瞬间，她们的血混在了一起，有一滴血落在了盖着蛋糕的方格餐巾上。

"对谁说出了你的秘密，就是交出了你的自由。你永远不要忘记，萨拉。现在咱们走吧，停在这儿太冷了。"

但她此时说话的声音，包括后来讲话的声音，再也不是建筑师巴托尔迪的缪斯的了。而她重新紧握着小车把手的那双肿胀的手，和刚刚流出血来的那双也完全不一样了。

她们重新走在路上，萨拉十分谨慎地避免再提到什么。另外，她着迷般地反复想着关于自由和秘密的一系列谜题。是不是雕像要通过这次歃血为盟将自由的象征转交给她？在听别的事情之前，她必须先搞清她的想法。

"听着，巴托尔迪夫人。"

"说吧，美女。"

"你读过《爱丽丝漫游仙境》吗？"

"当然，很多次。那是在 1865 年，自由女神像来到曼哈顿之前二十年写的。好吧，都一样，这些年份让我难过……
为什么问我这个？"

"我就是想起来，公爵夫人对爱丽丝说，所有的事情都有
寓意，如果你能找到的话，每个寓意都是一个象形文字，你
记得吗？"

"是的，"卢娜蒂奇小姐说着加快了步伐，"这段在第九章，
《素甲鱼的故事》：'永远不要把自己想象成和别人心目中的
你不一样，因为你曾经或可能曾经在人们心目中是另外一个
样子……'"

"就是这段，你记性可真好！但是我刚才想到的是爱丽
丝的回答：'要是我把您的话记下来，我想我也许会更明白一
点，'爱丽丝很有礼貌地说，'现在这样说我可跟不上趟。'现
在发生在我和你身上的就像发生在爱丽丝和公爵夫人身上的
一样，我跟不上趟了。"

卢娜蒂奇小姐笑了起来。

"你可别想着我会把所有要说的都写下来让你做笔记，那
样咱们永远也走不到中央公园的大门。另外我有个好习惯，
就是把说完的话马上忘掉。"

"我正相反，"女孩说，"我一个字也不会忘。"

"这样就足够了。我们都承认你很聪明，等时机到了你就
会明白一切的。咱们继续吧，刚才说到哪里了？"

"我想你要给我讲怎么从雕像那里离开了。"

"啊，好了……那么你看，这个问题有个天才的方法来解

决。我有个水下秘密通道。"

"就像地铁一样？"萨拉着迷地问道。

"有点像，不过要窄很多，当然了。我进去以后两边还各有十五厘米的空隙，通道中间的空隙更窄。它刚好连通雕像的底座和炮台公园。你知道在哪里吧？"

"炮台公园？是的。"女孩说，"在火腿的下方，哈德逊河和东河交汇的地方。不过，你是头先钻进去吗？怎么前进？不会蹭到墙吗？从哪里出来？我现在可以记录了吗？"

"等等，一件一件说。把地图拿出来，我给你指从哪里出来，再从哪里进去，不过我不知道咱们能不能看清楚。"

她们在另一盏路灯下停下来，萨拉在小车上打开地图，卢娜蒂奇小姐把图从中间对折，一面在口袋里找着什么，但她一脸恼火地放弃了。

"糟糕！我忘记给手电筒换电池了，昨天晚上刚巧没电了。"

"我有一个小的，"萨拉说，她为能够解决这个小问题而感到高兴，"我放在装钱的袋子里了。"

"太好了，孩子，跟你一起去哪儿都不犯愁了。"

在萨拉的手电的光线下，卢娜蒂奇小姐用手指画出了她的水下通道路线，从自由女神岛一直到炮台公园，就在毗邻金融区、市政府旁边的地方。萨拉那些日子刚刚读过《金银岛》①，她觉得卢娜蒂奇小姐如此具体细致地做着解释，如此坦白地讲述着自己的秘密，就好像交给她一张藏宝图一样。

而且她刻意毫无保留地把这些信息告诉她，就好像她马上就能用上似的。

"注意，看好，看到这有个小十字吗？那是罗萨里奥圣母教堂，现在你穿过这条棕色的线，就来到了炮台公园，你看到上岛的渡船码头了吗？就在教堂和码头中间有个涂成红色的地道口，旁边有个小桩子。"

萨拉借助手电的光努力地看着，然后抬起头。

"但是地图上没有那个。"

"没有，当然了。"卢娜蒂奇小姐回答，"地图上没有。你别打断我。那个桩子下面有个投币口，可以投进这枚硬币。拿着，收好它。你看到没？我也把钱装在袋子里。"

萨拉带着不相信的神情接过卢娜蒂奇小姐递给她的那枚绿莹莹的硬币，借着手电的光仔细观察。这么好的东西，不是在做梦吧？

"你为什么给我这枚硬币呢？"她兴奋地问道。

"你觉得呢？"

"我觉得是让我在想你的时候能再见到你。"

"你真是聪明透顶，你外婆说得对。我告诉你，你把硬币投进投币口里，地道口上的盖子就会慢慢打开。只有这种硬币能够让它开门，这套系统和地铁很像，不过地铁用的代币比它难看多了……"

"好吧，"萨拉说，"盖子打开，地道出现，然后呢？有座位什么的吗？"

"没有，比那强多了。你说一个自己喜欢的词，双手向前伸，就像要跳进游泳池一样，然后你就不用再做任何事了，通道里会出现一股气流把你吸进去，就像飞一样，不会蹭到墙或者其他东西，特别有意思。"

"那然后呢？"

"在雕像的下面稍停一下，再念一遍那个有魔力的词，几秒钟后你就升到雕像的顶上了。如果你愿意，可以到王冠上的栅栏旁边去。那里晚上很漂亮，因为没有游客，你可以看到河对岸灯火通明的曼哈顿。回来的时候都一样，在雕像里面的地道口旁边也有个红色的带投币口的桩子，你还用同一枚硬币，因为地道口打开后，你就可以取回它，系统会自动把硬币吐出来的。你没有忘掉什么吧？"

"我不敢肯定。"萨拉忧心忡忡地答道。

她们又安静地走了一会儿，哥伦布广场的灯光已经很近了，中央公园的大门就在眼前。萨拉的脑袋嗡嗡作响，好像里面有一群蜜蜂似的。从服务员滑冰的咖啡馆出来的时候卢娜蒂奇小姐跟她说好，到了这个门口她们就要分别了。她感觉有一肚子问题想问，却不知道先问哪一个。

"听着，巴托尔迪夫人。"

"说吧，小宝贝。"

"你把小车放在哪儿呢？"

"好问题！"她笑道，"我确信你以后写的侦探小说一定相当有看头。罗萨里奥圣母教堂门口有一个狗舍一样的小木头房子，就在一棵树后头，我有那儿的钥匙。那个小房子涂成灰色，从那里你就可以找到地道的入口，大约在西南方向五十步开外。我看到你有个指南针。还有问题吗？"

"哦，是的，太多了！"萨拉说，"关于这个世界的一切。但是我不知道从哪里说起。我的脑袋快要爆炸了。没时间了。"

"你看，不会的，你的脑袋不会爆炸。时间也有的，这是唯一有的东西。你别说话了，想一想。或者什么都不想就更好，多休息一会儿。"

"拉着我的手吧。"

"好的。"

卢娜蒂奇小姐换成用右手推着小车，左手拉着萨拉，开始哼着一首歌曲，歌中唱道：

> 爱的喜悦，
> 　　只持续瞬间；
> 爱的伤痛，
> 　　却终生相伴。②

萨拉听着这甜美的旋律，一手紧握着卢娜蒂奇小姐的手，另一只手摸着那枚硬币，呼吸着夜间清冷的空气，望着黑暗的菠菜蛋糕周围摩天大楼的灯光，泪水如同冰雨般从脸上滑落，那种强烈的悲喜交加的感觉，她永远也无法忘记。

她们在中央公园门口作别。卢娜蒂奇小姐确信和另一位先生的约会早就迟到了，但无论如何，在曼哈顿总会有很多意想不到的事情需要她。

而她，萨拉，现在要独自去尝试好奇心的驱使、决断的快乐以及随之而来的恐惧了。她会战胜恐惧，也将征服自由。

卢娜蒂奇建议萨拉在去外婆家之前先去中央公园独自转一小圈，她一开始不就是这么想的吗？另外，树林里是个想问题的好地方。

"我不想让你走，巴托尔迪夫人。没有你我可怎么办？我就像进了迷宫一样。"

"努力在迷宫里找到自己的路，"卢娜蒂奇对萨拉说，"不热爱生活的人是找不到出路的，但你非常热爱。另外，虽然你看不到我，但我并没有离开，我会永远在你身边。不要哭，无论遇到什么状况，都可能会在一分钟之后发生逆转，这就是生活。"

萨拉踮起脚尖去吻她，但还是止不住哭泣。

"不要忘记一件事情，"卢娜蒂奇小姐对她说，"永远不要往回看，新的冒险总会出现。但是在对新冒险的渴望出现之前，放弃旧的会产生一种恐惧，你要给这个恐惧来个迎头痛击。"

"别再跟我说什么了，巴托尔迪夫人。我的心都要碎了，我记不住这么多事情。"

"好吧，你给我的临别赠言很美。我给你的我都写下来了，因为有点像祷告词。你拿着，为了现在不让你难过，你晚上再读它，在你上床的时候。"

"谢谢。这可以当我的饭后甜点，我不知道可以用多少天，也许是一辈子……"女孩吸着眼泪说道，"如果你知道我有多爱你。"

"我也是。我从见到你就爱你，而且会一直爱下去。再见，去树林里散步吧，去吧。上帝保佑你，萨拉·艾伦。"

萨拉掏出绸子口袋，把硬币、手电筒和卢娜蒂奇小姐刚给的对折的纸条都放进去。然后重新拥抱了她，又突然从她怀中脱开，朝着中央公园入口的大铁栅栏门跑去。

当她就要跑进大门的时候，忽然听到背后有个声音叫她：

"回来，萨拉！拿着！你忘记带篮子了！"

译者注：

① 《金银岛》：英国作家路易斯·史蒂文森（1850—1894）的代表作，讲述了十岁少年吉姆一行在荒岛上寻宝，与海盗斗智斗勇的故事。

② 原文为法语，选自法国歌曲《爱的喜悦》。

十一
中央公园的小红帽

　　萨拉独自来到了中央公园树林中的一块空地上，她聚精会神地走了很长时间，一直不停地思考，所以失去了时间的概念，于是走累了。她看到一把长椅，就坐在上面，把蛋糕篮子放在旁边。尽管那里很黑，又没有人，但她一点也不害怕，而且还很有激情。只是有一点很舒服的晕晕的感觉，就像她从幼年时期那次奇怪的高烧中康复以后，刚起床的时候一样。和卢娜蒂奇小姐的相遇在她灵魂中留下了如梦似幻的印迹，也像是她那次高烧之后回忆起她从未谋面的奥雷里奥一样。但是不对，还是不一样，因为卢娜蒂奇小姐她不但见过，而且还发现了她在乞丐的伪装下，其实是自由女神化身的事实。而且她还和她分享了这一天大的秘密，这使得她们联合在一起。"对谁说出了你的秘密，就是交出了你的自由。"

她这句话好美啊！她真的和她说过这些话吗？真的见到她变脸、手和声音吗？或者这只是个梦？爱丽丝身边发生的故事就全都是一个谎言。但是真实和谎言之间的界限又在哪里呢？

她从胸前把小袋子掏出来，开始把玩那个绿莹莹的硬币。不，这不是谎言。她希望还会有其他的冒险。卢娜蒂奇小姐对她说过："永远不要向后看。"她想遵守它，永远盯着前方的路，不漏掉任何细节。

她沉浸在回忆和梦想之中，所以当她听到背后的草丛中传来脚步声的时候，还以为是风吹过树叶的声音，或者是某只松鼠在乱跑，她进公园以后看到过不少只。

因此，当她看到一双男人的黑皮鞋站在那里，就在她面前，真的有点被吓到了。不是说布朗克斯的吸血鬼还逍遥法外么，这一点连卢娜蒂奇小姐本人都确认过了，那也许是因为他在莫宁赛德公园找不到可以下手的人，于是烦了，跑过来把这个区当作犯罪场所了呢？

不过当她抬眼看到他时，她的恐惧立即烟消云散了。这位先生穿着讲究，戴着灰色礼帽和山羊羔皮手套，一点也不像杀人犯。当然，电影里有时这种人才是大坏蛋。他既不说话也不动，只是伸出尖尖的鼻子好像在闻着什么，看起来像个窥伺猎物的动物。他的目光则正相反，一看就让人信任，看得出他是个孤独而忧伤的人。他微笑着，萨拉也还以微笑。

"你自己在这里干什么呢，美丽的小姑娘？"他彬彬有礼地问，"你在等什么人吗？"

"没有，不等谁。我只是在想事。"

"真巧！"他说，"昨天差不多就在这个时间，我在这里碰到一个人，她的回答跟你一模一样，你不觉得奇怪吗？"

"我不觉得。人们总要想很多事情，尤其是一个人独处的时候。"

"你住在这个街区？"他边说边摘掉手套。

"不，我没那么走运。我外婆说这儿是曼哈顿最好的街区。她住在北边的莫宁赛德，我现在要去看她，然后把我妈做的草莓蛋糕给她带去。"

突然，外婆的形象浮现在她眼前，她也许已经准备好了晚餐，一边读着侦探小说一边等她来，这个场景让她感到愉快而亲切，她不由得站了起来。她要给她讲很多事情，她们会聊到困得不行都不看表，那一定会非常有趣！卢娜蒂奇小姐变身为巴托尔迪夫人的事不能跟她讲，因为那是个秘密。不过其他的事情也足够凑成一个很长的故事了。

她正想提起小篮子，却发现那位先生伸出一只食指上戴着粗大金戒指的手，抢着做这件事。他把尖脸凑近了篮子，帽檐下面滋出一圈红头发，他闻着蛋糕的气味，眼中放射出如获至宝的光芒。

"草莓蛋糕？我说闻着有草莓蛋糕的味道呢！你这里装的就是，对吧，亲爱的孩子？"

他的声音里充满了哀求和渴望，这让萨拉感觉有点难受，她想也许他很饿吧，尽管他样子很体面，但在曼哈顿什么奇事都会发生！

"是的，那里装的就是。您想尝尝吗？是我妈做的，做得挺好的。"

"哦，是的，尝尝！我太想尝尝看了！不过你外婆会怎么说？"

"我觉得她不会太介意我给她带个切过的，"萨拉说着话重新坐到长椅上，揭开了方格子餐巾，"我就说碰上了……好吧，碰上了狼，"她笑着补充道，"而且它太饿了。"

她打开包在蛋糕上的锡纸，气味飘散开来，那味道确实很香。

"你没有说谎，"那人说，"因为我名字就叫埃德加·伍尔夫。至于饿嘛……哦，天哪，比饿还要强烈，是陶醉了，亲爱的孩子！我要尝尝看！实在是等不及了！"

他摘掉帽子，一下跪在地上，像着了魔一样地看着蛋糕，一面疯狂地闻着它的气味。他那个样子实在有点吓人，不过萨拉想起了卢娜蒂奇小姐的建议，所以决定不害怕。

"您有折刀吗，伍尔夫先生？"她心平气和地问道，"如果您不介意的话，请您最好别把鼻子伸到蛋糕里去。您为什么不能和我一起安静地坐在这呢？"

伍尔夫先生默默地照做了，但当他从一条粗链子上拴着的钥匙链上取出一把螺钿折刀时，手一直在抖。他哆哆嗦嗦地切下一块蛋糕，尽量控制着自己的馋嘴，好表现得有教养，于是他摆出讨好的表情，先把蛋糕递给萨拉。

"拿着，你也想吃吧。你觉得咱们在中央公园里这次意外的野餐怎么样？我可以叫我的司机给咱们带几罐可口可乐来。"

"谢谢您，伍尔夫先生，不过草莓蛋糕我有点吃腻了，我外婆也一样。因为我妈做了很多，太多了。"

"那总是做得这么好吗？"伍尔夫先生一边问，一边也不再绷着了，狼吞虎咽地把第一块蛋糕吃下去，翻着白眼在那里品味。

"总是。"萨拉肯定道，"那个配方是不会错的。"

于是意想不到的事情发生了，伍尔夫先生一边不停地连嚼带舔，一边再次跪倒在地，但这次是在萨拉面前，他把头埋在萨拉的裙兜里，忘乎所以地乞求着……

"配方！真正的！地道的！我要这个配方！哦，拜托了！你想要什么告诉我，你想要什么，作为交换。你一定得帮助我！你真的会帮我吧？"

萨拉已经有点习惯没人有求于她了，更不用说还如此急切，这是她人生中第一次体验到在某种情况下的优越感。但是这种感觉很快被另一种更为强烈的情感扼杀了：那是一种怜悯，她想安抚这个过得不如意的人。不经意间，她已经在抚摸他的头发了，就像对一个孩子那样。他的头发很干净，摸起来很柔软，在暗夜中反射出一种特别的古铜色。伍尔夫先生逐渐平静下来，断断续续的呼吸也开始恢复了节奏。过了一会儿，他抬起头，正哭着呢。

"好了，拜托，伍尔夫先生，哭什么？你会看到，一切都会好的。"

"你可真好！我就是因为这个才哭，因为你的善良。你真的会帮我吧？"

萨拉还保持着一些警惕，她又想到布朗克斯的吸血鬼还在逃。所以要先把事情搞清楚，以免被人骗。

"我什么也不能答应您，伍尔夫先生，"她说，"我得先知道您想向我要什么，才知道我能不能满足您……另外，当然了，还有您可以给我什么好处。"

"所有的好处！"他迫不及待地表示，"想要什么告诉我，你觉得难以得到的！你想要的！"

"我想要的？您是巫师吗？"萨拉睁大了眼睛问道。

伍尔夫先生笑了。他微笑的时候显得更年轻，也更帅。

"不，小朋友，我很喜欢你的天真。我不过就是个普通的生意人，不过，很有钱就是了。你看，看到那个楼顶上有各种颜色的水果在发光吗？"

萨拉站在石头椅子上，顺着伍尔夫先生戴着金戒指的食指所指的方向望去。在公园附近高楼上的霓虹灯广告牌之中，它是最显眼的。萨拉看到它的时候，刚好赶上最后的爆炸，金砂像神奇的喷泉一样从水果内部喷射出来洒向天空。

"哦，太神奇了！"萨拉喊道。

伍尔夫先生殷勤地帮她系好腰带，并且扶她下了椅子。

"你叫什么名字，美女？"他平静地以保护人的口吻问道。

"萨拉·艾伦，为您效劳，先生。"

"那么，萨拉，那座楼是我的。"伍尔夫先生说。

"真的是您的？就是带发光的小水果的？里面也是吗？"

"是的，里面也是。"

"您笑什么？"

伍尔夫先生真的感到开心和满意，微笑着看那女孩。

"高兴的。你这么喜欢所以我很开心。"

萨拉兴奋得两眼放光。

"我怎么会不喜欢呢？不过我外婆肯定会着迷的，我想起她来了。我知道向您要什么了，我可以要求您让她明天来参观吗？我是说也包括里面，让她上到天台去，要是能给她来一杯就更好了……好吧，我不知道是不是要求得太多，不过她会感到很幸福的。您能满足我吗？"

"拜托，那是自然的，我派人去请她。不过，和我想向你交换的东西比，这要求也太低了，这实在太滑稽了！向我要点别的，给你的东西，你特别想要的。我想你总有还没实现的愿望吧？"

萨拉陷入了思考。伍尔夫先生既好奇又着迷地看着她。

"请您别催我！"她说，"那样我精神集中不起来，您也别老笑我，我需要想一小会儿。"

"我笑是因为你太可爱了。谁催你了，丫头？你想多久都随便你。"

确实是，埃德加·伍尔夫注意到，那些逼迫他永远都着急的各种心结突然间全都消失了，代之以一种奇怪而又心情舒畅的平静。

萨拉在他面前背着手闭着眼睛走来走去，而他坐在长椅上，又切了一小片蛋糕慢慢品尝。没错，这次错不了，就是它了。不过奇怪的是，他吃着蛋糕和这个女孩在公园里，居然很享受。他想起就在前一天，就在那地方，树林里的同一片空地，他遇到了那个奇怪的白发女乞丐，跟他谈到过神奇的力量。突然间她说过的每一个字都被他清晰地回忆了起来，这让他脊背发凉，不由得打了个冷战。

"害怕神奇事物的人一定会钻进死胡同里走不出来，伍尔夫先生。"她对他说过，"试图否认那些无法解释的事物就什么都不能发现。现实就是个充满谜题的井。如果不是这样，您去问问智者吧。"

他闭上眼睛，所有细节都历历在目，这让他觉得很奇妙。很久以来，也许从青年时代开始，他就没有体会过那种闭着眼睛，让一个想法在脑子经过的乐趣了。当他重新睁开眼睛的时候，看到了萨拉那双装着白袜子的红鞋和她腰带上那颗小圆扣子。她就站在他面前，他微笑着，慈爱地看着她。格里格·门罗是对的：都是生意闹的，让他主动拒绝了很多快乐。有个孙子一定是件美事。

"我以为您不舒服或是怎么样了。"她担心地说。

"没有，我只是在想事情，就像你刚才一样。"

"那一定是好事。"

"是的，特别好的事。你想好要跟我要什么了吗？"

萨拉厘清了记忆中当天晚上她看到的所有景象，得出一个结论就是，给她留下印象最深的就是从豪华汽车门里伸出来的那条穿着水晶鞋的女人的长腿。于是她发出胜利的呼喊：

"是的，我想好了！我要坐上豪车去外婆家，就我自己，让司机拉着我去！"

"满足你！"

萨拉突然心血来潮地拥抱了坐在长椅上的伍尔夫先生，并且在他额头上印了个吻，这让他有点不好意思了。

"好了，等等，你先别激动，我还没告诉你作为交换，我想向你要什么呢。"

萨拉立刻心灰意懒了，她能有什么礼物可以送给这个如此有钱，又什么都有的人呢？看来她的豪车之旅肯定泡汤了。但当她听到了他的问题，喜悦的浪潮又重新回到了她脸上。

"你能把这么出色的蛋糕的配方给我吗？"

"当然！除了这个就没别的了？我不会做草莓蛋糕，这个我不行，不过我知道真正的配方藏在哪儿，就在我外婆家，在莫宁赛德。"

"她会愿意给我吗？"

"肯定会，她很友善。如果你告诉她你会请她到你家玩她就更愿意了。好吧，对不起我用你来称呼您，你可是有钱人。"

"我不在乎，我喜欢。那么我们算是定了盟约了吧。"

萨拉刚想说这是今天下午她第二次订下盟约了，但她及时忍住了。那是个秘密。她又想到一件事，无论如何，配方其实也不失为一个秘密，还打着火漆什么的，但那是个多傻的秘密啊！

　　"你在想什么呢？"伍尔夫先生问。

　　"没什么，没问题，我相信你能说服我外婆。你喜欢去跳舞吗？"

　　伍尔夫先生茫然地看着她。

　　"我有好久没跳过了，尽管我觉得探戈还不错。"

　　"这有点不妥，"萨拉说，"我外婆很喜欢跳舞。她曾经是个很有名的艺术家，叫作葛洛丽亚·斯塔。"

　　"葛洛丽亚·斯塔！"伍尔夫先生惊呼道，无限神往地看着虚空，"试图否认那些无法解释的事物就什么都不能发现。绝对是真理啊！"

　　"我不明白你的意思，你认识她？"萨拉好奇地看着他说。

　　"我住在十四街，差不多还是个小孩的时候听她唱过几次。就像做梦一样。你外婆曾经是个不同寻常的女人。"

　　"她现在也很不同寻常。"萨拉肯定道，"另外，她会给你草莓蛋糕的配方的，你可别忘了这个。"

　　"好吧，我都快等不及了。走吧，萨拉，咱们得赶紧出发去你外婆家，每人坐一辆豪车。你不是喜欢自己坐车去吗，你说过的。"

　　他敏捷地从长椅上站起身来，戴上帽子，牵起萨拉的手。

"但是怎么坐呢？你有两辆豪车？"萨拉一边走一边问道。

"不，我有三辆。"

"三辆？那……你太有钱了！每辆车都有一个司机？"

"是的，每辆车都有一个司机。不过，你最好轻装前进，孩子，把篮子给我，我来替你拿。你看，我要是告诉格里格·门罗说我要去见葛洛丽亚·斯塔……他肯定不相信，尤其是，还是因为草莓蛋糕。"他微笑着补充道，"他肯定说我在做白日梦，在说胡话……"

"谁是格里格·门罗？"

他们的声音和身影逐渐在林间的道路上消失了，伍尔夫先生向女孩斜着身子听她讲话的样子还会偶尔在幽暗的树丛之间时隐时现，他们笑声的回响也间或被熬夜松鼠的跑动声所打断。寒风已经柔和了很多。

蛋糕之王和萨拉·艾伦手牵手的背影渐渐远去，组成了既显眼又独特的一对。

如果克林顿先生看到这一幕，一定会嫉妒，这一点必须承认。

十二
彼得的梦想、巴托尔迪夫人的水下通道

在蛋糕之王的私人停车场，他们用一句欢快的"回头见"来互相道别。

埃德加·伍尔夫把他三辆豪车中最豪华的一辆让给萨拉坐，开车的是他最宠爱的司机彼得，在此之前他把彼得叫到一边嘱咐了他几句自己认为重要的事。第一，拉着那女孩在曼哈顿好好转转，争取多转几圈，因为尽管他们都到同一个地方去，但他很想早点到；第二，他要负责照顾好这个小家伙，把她当成他眼中的宝，既不能让她遇到任何危险，还不能制止她淘气。彼得对此陷入了思索。

"这两件事情太难调和了，先生。很抱歉我跟您这么说，因为小孩一般就是喜欢到最危险的地方去淘气。"

伍尔夫先生一边关注着萨拉在停车场的活动，一边和彼

得说话，他吃惊地看着彼得。

"啊，是吗？这我还真不知道！"

"恕我直言，先生，您应该知道。而且，她看上去就是个调皮捣蛋的。您看她现在，如果我没搞错的话，她正要去摆弄灭火器呢。"

"我注意到了，彼得。"他的主人微笑着说，"看来我给我的小朋友选了个好向导。您怎么这么了解孩子？"

"这很容易，我有四个，先生。"

"啊？你有四个孩子？"伍尔夫先生吃惊地问。

这突然让他感到有些羞愧，因为尽管他对彼得的服务感到满意，但这还是他七年以来第一次对彼得的私人生活的某个细节有所了解。这就是格里格·门罗经常批评他的个人缺点之一，他明白他说得有道理，但他现在不愿意想这些。

他安排萨拉在他的豪车一号后排座上坐好之后，自己要上豪车二号，司机罗伯特正给他开着车门，一面提醒他说：

"伍尔夫先生，好像彼得陪着的那位小姐想跟您说话。"

萨拉确实想说话，她把车窗降下来，伸出兴奋而又喜悦的脸，同时做出一个让他过去的手势。他急忙赶过去。

"我忘了告诉你一件很重要的事了，"女孩说，"你弯下点腰，这样能听得清楚些。如果你比我早到，有可能我外婆不记得把那个配方收在哪儿了，她有点糊涂。你告诉她，那天我在秘写台上边的抽屉里看到过。"

"好吧。我就怕她不肯给我打开，也许她不信任我。"

"会的。如果是妈妈……但是她从来就什么都不怕，甚至都敢下楼去莫宁赛德公园！啊，你就跟她说我马上到。你记好地址了吗？"

"是的，美女，不用担心，"伍尔夫先生说，很明显他有些不耐烦了，"地址和电话。你满意吗？"

"非常满意！我都不敢相信，这个可真软啊！还有这么多按钮！我能打开酒吧吗？"

"是的，孩子，你想干什么都行。如果你有问题，可以通过这个小电话和彼得说。"

"太神奇了！那么一会儿见，甜狼。"

"一会儿见，萨拉。"伍尔夫先生说，微笑着吻了她，"去逛曼哈顿！玩得开心点！"

"彼此彼此！"

埃德加·伍尔夫上了豪车，在座位上坐好，就开始想卢娜蒂奇小姐跟他讲过的那些关于奇迹的话。他十六岁的时候，曾经疯狂地爱上了一个红头发的女孩，她既神奇而又高不可攀。她比他大八岁左右，是个甜蜜、性感又不要脸的女人。尽管他由于胆小，连一句话都没和她说过，但为了她，他有整整三个学期无法专注于学业，还花光了全部积蓄到一些最难以置信的地方听她唱歌。之后他彻底失去了她的芳踪。

但他还依然收藏着那朵干掉的康乃馨，那是有一次她从胸前摘下，吻了一下之后抛给他的。她把它抛给了他，那个难看的半大小子，十四街小蛋糕店的少掌柜。也许是看着他眼熟，抑或是感受到了他对她深深的暗恋。当时她刚唱完《我的爱人》，一首丽塔·海华丝①在电影《吉尔达》里唱红的歌，她唱的时候还冲他微笑了两次，之后她从领口上摘下这朵康乃馨，吻了它，然后隔空扔给了他。他把花捧在手心里，也吻了它。然后他们对视了一眼，她那双同时蕴含着严肃与轻佻的绿眼睛立刻穿透了他的心，她当时穿的衣服也是绿色的。那是三月里的一个夜晚，在四十七街一个叫"烟雾"的小音乐厅，现在已经没有了。尽管时光荏苒，但埃德加·伍尔夫永远也无法忘记那一晚他们之间那次如此炽烈的对视，他和葛洛丽亚·斯塔。

"咱们去哪儿，先生？"罗伯特通过豪车内部的小电话问道，"我得问，因为过节的缘故，现在这个时间，咱们得避开最堵车的街道。"

埃德加·伍尔夫从车窗里向外望去，他注意到，就在他旧梦重温的当口，他们已经开上第五大道了。

"走最短的路去莫宁赛德。"他命令罗伯特。

然后他打开小酒吧的灯，给自己上了一杯加冰的威士忌。

彼得沿着第五大道向前开，神情既专注又心不在焉，他要随时避开那些摩托以免剐蹭到豪车完好无损的车身，同时又要在车流中往来穿插以便超车。他不时从车窗里向外瞟，寻找机会转到其他街道去绕行，而根本不去理会那里禁止转弯的标志。

陪着伍尔夫先生到曼哈顿各个街区调查蛋糕店的旅程跑

惯了，给他增添了一项专长，就是反应速度奇快，而且作为司机他总有妙计能优雅而不动声色地逃避交规的惩罚。镀银的方向盘被他控制得既听话又轻快，甚至达到了与他合一的程度，成了他生命和意愿的延伸。糟糕的是豪车真正的主人从来不会夸奖他的壮举，甚至于根本不会注意到他要实现这些有多难。因为他要求停车的地方都很难停，而且有时候是硬生生停下的。他自己进去叫他在门口等，根本不知道他会在里面待多久。这豪车可不是自行车，妈的！不过得承认，老板给他钱作为给门童的小费和给保安的贿赂，事后是从来不让他报账的。除了这个，偶尔也会有一些友好的表示，比如友好地挤挤眼；在后背上轻轻地来一拳；还有"我不知道你是怎么做到的，彼得""咱们到这个酒吧喝杯咖啡吧，彼得""这次没错了，咱们总算超过那辆救护车了"；另外他们也曾一起大笑。这些都算是感谢吧。

彼得经常跟他妻子罗丝讲，他拉着伍尔夫先生转曼哈顿，就跟车后座上放着件行李一样。她听了以后能笑半天，因为她疯狂地爱着自己的丈夫。但事后又觉得良心不安，指责丈夫不该嘲笑这么好的老板。

彼得的梦想是当一部追车电影里的主角，驾车勇猛地成功越过各种障碍，从张口结舌的警察头上飞过，穿过河流，从悬崖上一跃而下还不翻车，在他身后是惨祸、灾难和冒着火苗的汽车。而他，当然了，最终成功脱险。

有几天晚上他向罗丝坦白了自己的这些梦想，而她尽管觉得这些很有趣很精彩，但还是尽量不去鼓励他。不管怎么说，做梦又不花钱。"你可以去当一个电影编剧，亲爱的。"她跟他说过几次，"或者，我也不知道，烟火师。""是啊，都行，反正干什么也比跟两个和我一样无聊到爆的哥们儿一起在天大的地下室里傻待着强。看看老板能不能想着给我们派点活儿，我可是受够了霓虹灯了。"不过，罗丝是个精明强干的女人，她注意到如果对丈夫的抱怨随声附和的话等于是助长他，把他推向毫无出路的冒险。因为曼哈顿就是一个巨大的垃圾场，有成千上万个从理想国中梦想的云端上跌落的天使麇集在这里。工作是必不可少的，他们刚刚有了第四个孩子，彼得每个月底从伍尔夫先生那里得到的那笔可观的工资简直就是天国的恩赐。罗丝知道这一点。

于是他们每天晚上看录像电影的时候，她最爱看的总是那些讲折翼的梦想家们如何跌落泥坑的故事，那是必须的。

由于是圣诞前夕，曼哈顿的汽车和公共汽车全都被迫用龟速前进，一点办法也没有。中心区的街道无疑是人最多的，这时变得像蚂蚁搬家一样热闹，无论是街拐角、游商的摊子中间、公共汽车站还是行人便道上，全都推推搡搡吵闹不堪。当办公室关门的时候，街上的行人就会暴增，再加上地铁口里不停地吐出来的人，他们像游泳一样挥臂拨开人流，以便到达某个大商场的门口，花一下午的时间在里面购物，坐着自动扶梯从一层逛到另一层。

豪车虽然很慢，但还是驶过了圣帕特里克大教堂、洛克菲勒中心及其滑冰场、市立图书馆……现在从帝国大厦前向美洲大街转弯，来看梅西商场的橱窗，然后继续向村庄区开去。

不过都一样。彼得回头看了一眼，确定穿红衣的女孩还在睡觉。这女孩是什么人呢？老板的孙女？他听人说过，伍尔夫先生是个不可救药的老光棍。不过，也许年轻的时候也犯过错儿，所以留下这么个私生的孙女呢，或者是私生女。要知道，老板其实也不算老，罗丝说过，他看样子身体不错。"要把她当成眼中的宝"，老板是这么交代的。不能制止她淘气，要带她好好转一个小时，然后把她送到莫宁赛德区的一个人家去，地址记在一张纸上了。那个人家里关着只猫，这一切都太奇怪了。不过不管怎样，罗丝嘱咐过他："没叫你管的事你别掺和，彼得，你是个听差……"他什么都照做了，除了淘气的那部分。但是一个睡了十分钟的女孩能淘什么气呢？其余大部分时间里，她一直通过内部电话不停地问，这个按钮是做什么用的？那边那个呢？我能喝个可口可乐吗？那条街叫什么名字？要不就念叨着某个房子像童话小屋，或者打开灯，合上窗帘然后再拉开。不过她倒是很热情，也很有趣。她和彼得家的老大伊迪丝差不多大，而且都一样是鬼精灵的样子。她看起来是累坏了，不管怎么说，她还是不要醒来的好，这样他能轻松点，不过那样的话，就更显得这趟旅程毫无意义了。

彼得开始想他的伊迪丝了。他曾答应过她好多次要找一天带她去看第五大道的橱窗，爬到帝国大厦的顶楼去。伊迪丝对曼哈顿非常向往，因为他们住在布鲁克林，所以她总是求他："走吧，帅哥爸爸，带我去曼哈顿吧，所有的历险故事都是在那发生的。"但是他既没有时间满足女儿的梦想也无法实现他自己的。真是倒霉的命！

突然间，他感到很失落，感觉自己就像曼哈顿这个充满风暴的海洋中的一滴水，是从童话王国跌落的折翼天使，在街上瞎转，穿着借来的制服，坐着借来的豪车，拉着个睡着了的、穿红衣服的小女孩，连这女孩也是借来的，不是他的伊迪丝，但是他还得照顾她。一切都反了，一切都很荒诞，全都是借来的。

透过车窗，他看到建筑的正面都装饰着巨大的圣诞树花环、蝴蝶结、小鹿、吹号的小天使以及圣诞老人，从四面八方传来通天彻地的音乐声。橱窗与橱窗之间竞争着谁更有创意，谁更豪华，有些橱窗前聚的人太多，以至于排起的队伍长到围着整个街区绕了一圈。那些橱窗里展示的是些会动的小人儿，就像演员们在微缩的舞台上表演一样。微缩景观的装饰表现的是一些雪景、古老的餐厅和富人家的内景。里面的洋娃娃主人公们都像真人一样活动着，他们有的正在下楼梯，有的在打开礼品盒，有的在滑雪橇，就差开口说话了。

萨拉醒了，揉着眼睛。她梦见自己回到了小时候，躺进了卢娜蒂奇小姐的小推车里。豪车正沿着华盛顿广场穿过拉法夷特大街向南行驶。一时之间，在豪车轻轻的摇晃下，她一直处于半梦半醒的状态。但是很快她就开始专注地看着周围，坐直身体，把一切都想起来了，她正坐在伍尔夫先生的豪车上呢。透过关着的薄纱窗帘，一盏盏街灯被甩在了身后。是她自己关上的纱帘，因为她在窗外和窗内之间做选择的时候，决定了选后者，因为她想更加专注地回想自己的冒险，但此刻她却因错失了窗外的风景而感到懊恼。她拉开窗帘，想看看是否能看到经过的街道的街名。车子现在前进得比较顺畅和从容了，这片街区很漂亮，但是更像是村庄，可以看到很多小平房和从容不迫地走路的行人，一个街牌都看不到。她打开灯，掏出地图，在小桌上摊开。这小桌是用阿根廷羊蹄甲木制成的，用金属环拉开，她睡着之前那个司机给她讲过。那个司机叫什么来着？她望着他灰色上衣下面罩着的方形后背，还有他的金色肩章以及银色的帽子下边滋出的黄头发。彼得！他叫彼得。但是她不记得他到底是热情还是冷淡了，他们没说过几句话，而且没聊过什么有意义的事情，好像到最后的时候他回答她的问题时有点焦躁。她拿起电话。

"彼得……"

"说吧，小姐。您休息好了？"

"太好了。不过你不应该让我睡这么久的。我睡了多长时间？"

"差不多半小时吧，我估计。"

"不过，从中央公园到莫宁赛德坐着这么好的车根本用不了半个小时啊！"

彼得觉得还是不回答为妙。他已经习惯于保守秘密，而且他早就察觉到他的老板不希望让这女孩在他之前到达莫宁赛德。但是另外，他们是去同一个人家！他不由得想到，那里住的是什么人？他很快想到罗丝嘱咐过他的，不该他管的事别掺和。当然了，说起来容易。那女孩已经完全醒过来了，他从反光镜里看到，她的眼中充满了想用问题烦他的愿望。他轻轻地微笑着，又一次想起了伊迪丝。

"你听到了吗，彼得？告诉我，至少说说咱们现在在哪个街区。我觉得你走错了，咱们正在往南走呢。"

"您很着急吗？"

突然间，当天晚上她所见到的所有的形象和场景活生生地涌现在眼前，让她算不清是过了几个小时还是几年。失去了时间的参照，她又怎么能说是着急还是不着急？卢娜蒂奇小姐跟她说过，她如果能好好聊天就从来都不着急。但是她还搞不清这个彼得到底是会跟她聊天还是给她找麻烦。另外，她外婆可能还等着她呢。她终于趁着在红绿灯前停车的时候看到了一个街牌，于是赶紧在地图上查。

"但是咱们在唐人街最下面呢，彼得。"

"好像是，您路够熟的，小姐。"

"因为我有地图！别叫我小姐！我叫萨拉。你别告诉我咱们现在不是朝南走呢。你真给我找麻烦！"

彼得的声音变甜了，他硬憋着不敢笑出声来。

"好吧，美女，我不叫你小姐了。我就是不想叫醒你，那咱们现在就掉头。现在市中心的路可能已经畅通了。"

萨拉的眼睛不停地在地图和车窗之间切换，突然闪现出胜利的光芒。

"不要！现在不要掉头！这里不就是金融区吗？"

"是啊，不过现在这里什么都没有了，想参观得白天来，那时候有大把的钱在这周转。我看你对曼哈顿真是了如指掌啊，在这边住过好多年？"

"很不幸我住在布鲁克林，伙计。你笑什么？"

"我想起我的一个女儿来了，她也住布鲁克林，而且她也觉得挺不幸的。她就跟你差不多大。不过我敢跟你打保票，萨拉，她要是有机会坐着豪车转这么一圈，才不会睡觉呢。"

"别招我了，我都后悔死了。那你女儿叫什么？如果她也住布鲁克林也许我还认识她呢……你干吗呢？别掉头，彼得，我跟你说了！咱们就在炮台公园附近，对吗？"

"是的，特别近。"

"那带我去那吧，随你怎么样！你女儿叫什么？"

"伊迪丝。"

"看在伊迪丝的分上，求你了！"

到了炮台公园，萨拉央求彼得停下车，因为她想下车看看自由女神像，她以前只从照片上看见过呢。

"就一小会儿，看见了就行！就在这，走吧，彼得！"

她这个腔调让司机又想起了自己的女儿伊迪丝。她看上了什么东西，也是不达目的绝不罢休。

但是当他打开车门想让她下来的时候，她那一双小红鞋刚一踩地，就猛地一推门，像头雄鹿一样跑掉了，惊得彼得目瞪口呆。等到彼得反应过来的时候，她已经消失在黑暗之中，消失在一片如鬼怪般的树丛里了。

他感觉如鲠在喉，不知所措。他得赶紧找个地方把豪车停好才能去找她，因为不知道什么时候才能抓到她。但是，另一方面，如果耽误时间那简直是疯了，这地方晚上相当危险。他现在不考虑伍尔夫先生交给他的任务自己能完成得是好是坏，而是要去保护那个十岁女孩的性命，那个调皮捣蛋、无所畏惧、胆大包天的，和他女儿一样的孩子。他开始用专横、暴躁、毫无掩饰的声音喊道：

"萨拉，快回来！你别吓唬我！该死的！你藏哪儿去了？回来！你听见了吗？拜托了，别干蠢事！看我不抽你的！"

但是没人答话，于是他开始嘟嘟囔囔骂着伍尔夫先生和自己的命。

"真是活受罪，我的妈呀！好了吧，看看还是发生了！'把她当你眼中的宝，别不让她淘气！'我早就提醒过了，那可不容易。然后，最要命的，黑锅还得我背。"

他怒不可遏地四下张望。在这么个荒凉的地方，连个倒霉的电话亭都没有，也没个行人。最后，他努力使自己冷静，想到还是得一步一步来。于是他找到一个马马虎虎还算安全的停车位，停好车，锁好车门，然后快步走进那个荒僻的公园。他一边走，一边不停地大声喊着女孩的名字，越走越分不清东西南北，于是又开始举步维艰。这倒霉孩子！她就是藏起来想吓他一跳，怎么就没人抽她个大嘴巴呢，就因为她是老板的宝贝疙瘩或者亲戚什么的。

与此同时，萨拉藏在一片灌木丛后，借助手电，她从地图上找到了自己的确切位置，就在离卢娜蒂奇小姐藏小车的狗窝不远的地方。当她终于找到那个上了锁的灰色木屋时，她的心狂跳不已，不会错的。

她必须深呼吸，以保持自己的勇气不会消失。或者说，她必须得猫下腰背靠墙坐下来。因为那个灰色的小屋很矮，如果她站起来，彼得就会发现她。她知道只有爱丽丝才能把自己缩小，而她自己只有在梦里才能小到可以躺进卢娜蒂奇小姐的小车里。她躲在那里连大气也不敢出，她的勇气中掺杂着恐惧。不过卢娜蒂奇小姐早就跟她说过，在新的冒险面前，总会感到有些恐惧，但除了战胜它没有别的办法。

她站起来取出指南针，但是在按照藏宝图的提示走出那五十步，找到地下通道入口之前，她抬眼向远处望去，在树林以外，河的对岸，自由女神的火炬闪耀着光芒。她感到自己像高高在上的女神一样充满了力量，现在不是气馁和观望的时候，前进！

红色的地道口很快就出现了，旁边就是那个桩子。她摸了摸，没错，在中间的位置摸到了那个需要投进绿色硬币的

投币口。当她把硬币从口袋里取出的时候，手指在颤抖，不过她必须保持冷静，决定性的一刻到了。她把口袋装回了领口，把硬币插进投币口，等了一会儿，几乎一直在颤抖，因为她似乎听到有脚步声。

"米兰福！"她坚定地喊道，一直盯着地道看，瞪得眼睛都疼了。

这时她背后传来一声怒气冲冲的断喝，吓了她一大跳：

"你不看看你是谁，没羞没臊的，看我不好好收拾你一顿让你长点记性！"

她迅速收回硬币，同时刚好发现这个东西启动了，地道的盖子开始缓缓移动，右边缓缓出现了一个黑洞洞的房间。当她取走硬币时，它又重新关闭了。

于是她假装蹲下撒尿刚要提裤子，把硬币塞进了袜子里。

彼得什么也没发现，他全神贯注地抓住她一条胳膊，好像是怕她再逃跑，一面肆无忌惮地骂着她。

他粗暴地把女孩塞进汽车，她则是用听话的口吻编出一堆荒谬的借口，一再请求他原谅。在她花言巧语、千方百计的攻势下，彼得没出五分钟就被她拿下了，她问着他关于他女儿的问题，聊着伍尔夫先生的摩天大楼，于是他们之间重新展开了还算得上友好的交谈。

萨拉觉得自己成了话痨，但与此同时，却丝毫不耽误她处理自己的秘密情感。这好像是她的独门绝技——连她自己之前都从来没体验过——一边说话，一边想事，一边做梦，好像变成了三股叉。彼得跟她说的话她完全能理解并且会自行答话，与此同时，并不影响她感受发自内心的快乐，这是她从来不愿也不能——她知道——与人分享的。

但她也有点担心她外婆，还有伍尔夫先生的拜访进行得如何了，因为她外婆是如此特殊，而且她谁都不喜欢。她自作主张地把人介绍过去，事先连个招呼也不打，不管怎么说，他完全是个陌生人，只不过号称自己有钱——尽管种种迹象都印证了这一点。

她一边想着，一边和彼得聊着天，从他嘴里真是套不出什么关于他主人私生活的信息来。回来的旅程不知不觉地过去了。

萨拉注意到，她正在进行的冒险已经永远融入了她的灵魂之中，而在外面的曼哈顿，车窗的另一边所发生的一切，已经完全不能吸引她了。

彼得肯定是走了一条高速公路之类的，因为一路上走得非常快。她喝了罐可口可乐。

半小时后，他们来到了莫宁赛德。

译者注：

① 丽塔·海华丝（Rita Hayworth，1918—1987）：美国 20 世纪 40 年代红极一时的性感偶像，因在电影《吉尔达》中的性感表演而走红，被称为"爱之女神"。

十三
快乐的结局，但还没有结束

当罗伯特正坐在停在垃圾桶边上的豪车上打盹的时候，听到敲玻璃的声音，于是被惊醒了。但他马上认出是彼得，又平静了下来。他手里拿着帽子，他的黄头发在路灯的光线下闪闪发光。他满脸狐疑地指着前面的大门。

罗伯特尽管还有点迷糊，但还是看到老板在停车场告别的那个红衣女孩正一边从兜里掏出一把小钥匙开门，一边微笑着转身向彼得招手道别。

然后她进去了，点亮了楼梯间的灯，两个司机都看着她那红色的背影一晃就消失了。

"我要是明白怎么回事，你就宰了我。"彼得对罗伯特说道。罗伯特打开豪车的车窗，梦游般看着这一切。

"那是怎么回事？"

"我还想问呢。你知道谁住在这儿吗？"

"唉，兄弟，我也没概念。我就是拉着伍尔夫先生到这来，他跟我说会耽搁一会儿，我在这等了他三刻钟。我也不知道，也许是他们家的什么人吧，可能是因为那个女孩。你也得在这儿等着吗？"

"我不用，那丫头说她用不着我了，她就住她外婆家。"

"那你还等什么，兄弟？走吧，你运气不错嘛！"

彼得没答话，绕到汽车另一边，作势让罗伯特打开那一侧的车门。他坐到他身边，掏出一盒云斯顿①，点上了当天晚上的第一支烟。

"你不是戒了吗？"对方问道。

"是啊，我平常不抽，不过谁都有压力太大扛不住的日子。"

他重又盯着看那座楼房的正面，七楼有一家亮着灯。他凑近他的同伴，好像怕谁听见似的，用低沉、神秘的声音说：

"这事整个都太奇怪了，那女孩和那老太太都不是他们家的人，跟他一点关系都没有。"

"咳，伙计，"罗伯特吓了一跳，"你老婆说得真对，你就应该写电影剧本去。你指的哪个老太太？"

"那小女孩的外婆啊，就住在这儿的那个。你看见她没有？"

"我没看见。干吗我就得看见她？你说这干吗？"

"我就是想知道她是个啥人，长啥样子。得啦，你别跟我说你觉得这事不奇怪。咱老板从来就不出门，今儿忽然跑到这来，拜访一个跟他一点关系没有的人，然后他坐一辆车，那小女孩坐一辆车……"

"好吧，"罗伯特表示赞同，"这事是有点怪，不过我也没觉得有你说的那么神秘。要不是他们家人，也许是个老朋友什么的，还能是啥……也许人家生活困难呢，你知道咱老板一向大方，现在就更没的说了，就快到圣诞节了……"

彼得显得高高在上的样子看了他一眼，好像对他的天真感到惊讶。

"你老是没事找事，"罗伯特继续说道，"另外，你怎么知道他们不是一家子？"

"不是一家人也不是朋友，那小女孩跟我说的。她一直想从我这套老板的事儿，还问我觉得他是不是好人。从我这儿打听消息，好嘛，从我这儿！"

罗伯特的眼睛里第一次闪现出好奇的光芒。

"哦，这可够奇怪的。"

"那当然了！我没跟你说吗？他和那个小女孩是第一次见面，就是今天在中央公园里，而他和她外婆一辈子都没说过话……"

"也可能是编出来的。"罗伯特大胆猜想。

"那真有可能是编的，你提醒我的这个可就更奇怪了。"

正当豪车二号里这场对话悄悄地进行之际，萨拉·艾伦则更加悄悄地来到了七楼，悄无声息地转动钥匙打开了外婆家的门。她不由得想道："现在还是星期六。"她觉得这太奇怪了。

如果不是到了星期六的这个时间，她的灵魂已经承载了太多的激情，像这样在晚上偷偷摸摸进入莫宁赛德的家（除了坐着豪车来这个细节），会让她觉得像是梦中的情景，因为从很久以前开始，她就经常梦见晚上在无人陪伴的情况下进入莫宁赛德的家。

房门没有发出任何声响。她停在门厅里，屏住了呼吸。起居室里，在一片轻柔的音乐背景下，可以听到笑声和窃窃私语声。

萨拉蹑手蹑脚地穿过走廊，踩着从半开着的起居室门中透出的一丝微弱的光线前行，仿佛走在黑暗中的希望之路上。她凑过去伸头朝门缝里望去。只见外婆穿着绿色的衣服，正随着唱片机里放着的《我的爱人》的乐曲在"甜狼"的怀里转圈儿。她时不时地将头向后仰，她的舞伴会探身在她耳边说些逗她发笑的话。克劳德猫正懒洋洋地趴在座位上睡觉。

萨拉像刚才进来的时候一样，又悄悄地退了回去。她靠墙停了一会儿，双臂交叉，双手扶在肩上，像抱着自己一样。她闭上双眼，陶醉地听着那既甜蜜又火辣的音乐，感觉到自己的胸口跳动不已。伍尔夫先生比外婆高一点，他说自己舞跳得不好是骗人的。她觉得有一种不可言状的瘫软无力的感觉袭来，让她两腿发软。

只是一会儿工夫，她很快就恢复了过来。直觉告诉她，她在那里是多余的。她明白自己还是不被发现的好。于是她坚决地朝门口走去。

然后，当她重新关上门，点亮楼梯间的灯，等着电梯下楼的时候，发现自己不知道该去哪了。那种温馨的场面给她带来无法形容的幸福感，但就像是在电影里看到的一样。现在电影结束了，虽然挺美好，但这一切并没有发生在她身上，让她有一种被逐出天堂的感觉。

她下了电梯，楼梯间的灯灭了，她几乎是摸着黑走下了通向大街的那四级又脏又破的大理石台阶。她不想再亮灯了，她要从里边探索一下外面潜在的危险而不被人看到。因为有一件事很明确：她要逃走。

透过有十字形铁条保护着的玻璃，可以看到人行横道对面一前一后停着两辆豪车。第一辆的前排座位上，可以看到两个司机的轮廓。她已经告诉彼得让他回家了，她不再需要他了，但是看来他还不想睡呢。她也不想，刚才在第五大道睡的那一觉让她的头脑完全清醒了。

突然间，她想起了卢娜蒂奇小姐，因为发生的事情太多，所以忘记她好一阵了。她的形象清晰地出现在她眼前，周身发着光。当她在地铁里因不知如何是好而哭泣时，一抬眼看到了停在她面前的一双破鞋和帽子下面冲她微笑着的慈祥的面容，与她此时看到的一模一样。

"虽然你看不到我，但我并没有离开，"她临别时对她说，

"我会永远在你身边。"

萨拉蹲下来在袜子里摸索着，她把手指伸到袜子的白色网眼和脚踝之间翻弄了好一阵，一直摸到了脚底板下面的缝隙里。原来这枚神奇的硬币滑到这儿来了！幸好，真是松了口气！米兰福！看看，差点弄丢了。

她的双唇之间挂上了一丝幸福的微笑。她刚刚发现，她脑子里的一盏小灯亮了起来，就像漫画中云状对话框里的小灯泡一样。她做出了决定。

她把钥匙插进大门的锁里，慢慢打开。街上的冷气让她精神为之一振，顿时信心百倍。她现在要做的就是躲开彼得，他除了充当她的绊脚石之外没别的作用，这点她已经证实过了。

她蹲在豪车对面的人行横道边上停着的一排汽车后面，然后猫着腰从一个垃圾箱后面跑到另一个垃圾箱后面，穿大街走小巷，终于到了莫宁赛德公园和圣约翰天国大教堂正门之间的那个斜坡。她对这片街区有些模糊的印象，好像离此不远，过去有一个她从来不曾去过的书店：图书王国。

一个正要收工的出租车司机在阿姆斯特丹大街看到一个红衣女孩正在做着夸张的手势叫车，于是停了下来。尽管以他六十岁的年纪，曼哈顿已经没什么事情能让他感到惊讶了，但他还是怀着巨大的好奇心硬生生地刹了车。那段街道当时已经几乎没人了。

"你要去哪儿？"他放下车窗，上下打量着她问道。

"去炮台公园！"女孩的回答明确而又坚决，同时她抓住黄色出租车的弹子锁门把，打开了车门。

那人启动了出租车的计价器，在开车之前又看了她一眼。她安静地坐好，摆出来一副与她的年龄完全不符的挑衅和坚定的姿态。

"你说是不是就因为在路上碰到我，"出租车司机说道，"要不然在这个时间……"

"我很高兴在路上碰到您，"女孩严肃地说，"对我来说这也是非常走运的事。"

出租车司机这时尽量避免跟她再说什么了，但还是禁不住时常通过后视镜看她，试图找到一些蛛丝马迹以确定她的身份。他习惯于不问任何问题以免打扰顾客，但是这位奇怪旅客那种严肃而又沉静的表情使他陷入了深深的疑惑。她好像对周遭的一切都置若罔闻，时而在她旁边的座位上摊开一张地图，用手电照着看；时而在装手电的那个带箔片的绳子口袋里翻弄；时而一脸陶醉地盯着某个看不见的点看。但她的脸上始终带着的微笑，使她看起来变了样子。

一路上都很安静，但当他们快到终点的时候，出租车司机一反他谨小慎微的常态，在等待绿灯的时候壮着胆子回过头来问她：

"你在哪儿下车，美女？"

"渡船码头附近，就那里，不用到地儿。"

"但是渡船现在已经停运了。"出租车司机说道，"你不知道吗？"

"是的，当然了，我知道。"

"那……"

"那什么那？"女孩厉害地问道。

"你这个时间要是在炮台公园里走丢了可怎么办？"

"我可以回答您这是我自己的事。不过既然这让您这么好奇，我可以告诉您我要去那里见一个朋友。"

出租车停下之后，女孩看了看计价器上显示的车费，向玻璃隔板下面嵌着的椭圆形沟槽里投入了几张皱巴巴的钞票，打开车门就跑。

"但是你给的太多了！"出租车司机摇下车窗嚷道。

那女孩在公园门口停下来，微笑着望着他，同时向他挥手道别。

"您收着不用找了！都是些脏兮兮的废纸！"

出租车司机看着她像箭一样跑着消失在树丛之中，开始嘟囔着：

"我倒奇怪现在犯罪的倒还真不算多。瞧瞧让这岁数的小孩儿在这个时刻自己跑出来，真不知道这当父母的都是怎么想的。"

萨拉在重新把硬币投入地道旁那根桩子上的投币口之前，想到了一件事：卢娜蒂奇小姐给她的纸条还没看呢。她跟她说要在躺在床上的时候看，但是谁知道今晚她会睡在哪里呢。

于是她坐在地上，把它掏了出来。那是张紫色的纸条，但比她吃蛋糕过生日那天从中餐馆的甜点里抽出来的那张写着"福无双至，祸不单行"的大很多。她瘫在那里一段时间。昨天！她的生日不就是昨天吗？哎呀，真是不可思议，还是不要想它的好。

她打开纸条，借着手电筒的光线读着，上面写道：

> 上天创造的你，既非圣物又非凡人，
>
> 既非永存又非速朽，你尽可以自由为宗旨，
>
> 用自己的名义，按自己的意志，
>
> 成就至高无上的生命。

下面在括号中写着：乔瓦尼·皮科·德拉·米兰多拉[2]：意大利文艺复兴时期哲学家，大自然魔力的爱好者，死于三十一岁。

她将硬币投进投币口，说道："米兰福！"地道口上的盖子打开了，萨拉伸出双臂跳进通道，立即被一股温和的气流吸入，直奔自由而去。

1985 年 8 月 28 日，于纽约

1990 年 2 月 28 日（圣灰星期三[3]），于马德里

译者注：

① 云斯顿：美国香烟品牌，1954 年雷诺兹烟草公司首创。

② 乔瓦尼·皮科·德拉·米兰多拉（Giovanni Pico della Mirandola，1463—1494）：意大利文艺复兴时期哲学家，主要著作为《论人的尊严》，上面的文字即选自该作品。

③ 圣灰星期三：基督教"大斋节"的首日，从这一天到复活节的四十天里，基督徒要进行斋戒忏悔，故又称为"四旬斋"。在这一天，神父要用去年圣枝主日用过的棕榈枝烧成的灰，在信众的额头上画上十字。

译后记

　　卡门·马丁·盖特（Carmen Martín Gaite）是西班牙当代最著名的女作家之一，1925 年 12 月 8 日出生于西班牙萨拉曼卡市。萨拉曼卡是西班牙最古老的萨拉曼卡大学所在地，具有悠久的历史文化传统。耳濡目染之下，马丁·盖特 8 岁即能文，成年后进入萨拉曼卡大学攻读哲学和文学。在读期间，她结识了西班牙著名演员伊格纳西奥·阿尔德科亚（Ignacio Aldecoa，1925—1969）等人，开始参与戏剧创作并亲自当演员。1950 年她移居马德里，在阿尔德科亚的介绍下结识了一批青年作家并成为他们中的一员，他们后来被称为"55 年一代"或者"战后一代"。她就是在这期间认识了作家拉法埃尔·桑切斯·费尔罗西奥（Rafael Sánchez Ferlosio），二人于 1954 年结婚，后生下女儿马尔塔。

　　1953 年，马丁·盖特发表第一篇作品《自由的一天》，两年后凭借中篇小说《温泉疗养地》荣获西班牙希洪咖啡文学奖，从此迎来了她的第一个创作高潮，先后出版《薄纱窗帘间》（1957，获欧亨尼亚·纳达尔小说奖）和《慢节奏》（1963）等优秀作品。此后，她开始研修西班牙历史文化，于1972年以论文《西班牙十八世纪的爱情风俗》取得马德里大学博士学位。她的创作从此进入了一个崭新的阶段，相继发表《一连串的倾诉》（1974）与《心碎肠断》（1976），并于1978年以小说《后屋》荣获西班牙国家文学奖，成为该奖第一位女性获奖者。但她真正的创作巅峰始于1990年，《曼哈顿的小红帽》就诞生在这一年，出版后成为1991年年度最畅销书，此后又接连推出《变幻的云》（1992）、《白雪王后》（1994）、《活着是件怪事》（1996）、《离家》（1998）、《亲戚》（未完成）等多部长篇小说，1994年还凭借她的一系列作品获得西班牙国家文学奖。但不幸的是，她于2000年7月23日因患癌症在马德里去世。在此之前，她一直没有停止她所无比钟爱的文学事业。

马丁·盖特的文学创作涉及的体裁极广，包括小说、故事、戏剧、散文、诗歌以及翻译等，其作品近四十部，其中影响最大的是她的十余部小说。由于童年时期经历过西班牙内战（1936—1939），并且成长于佛朗哥独裁统治时期，加上个人感情生活的不幸（结婚数年后与丈夫分居，且女儿先于她去世），致使马丁·盖特笔下的人物普遍具有孤独、压抑的性格，尤其是女性。她们往往日复一日地从事着简单枯燥的家务劳动，过着面壁式的幽居生活，只能通过窗口见识外面的世界。她们之中有些人在这种生活中沉沦下去，逐渐将自己封闭起来，缺乏自我认知，精神贫乏，自甘平庸，对外面的世界绝少好奇之心，她们是专制统治下传统女性的代表。而另一些女人却不甘与所处的环境同流合污，并努力改变它，她们勇于追求自我，追求自由，在追求的过程中她们虽然也会彷徨，也会恐惧，但绝不会退缩。这些女人代表着敢于争取个人权利，实现自我价值的新女性。这一特点在《曼哈顿的小红帽》中的人物身上具有突出的体现。

小说的女主人公萨拉·艾伦出生在纽约布鲁克林区的一个普通家庭，故事的上半部基本都是对她日常生活的描写。虽然同属于纽约市，但和曼哈顿的高大相比，布鲁克林一直是最平庸的一个区，这里不仅贫穷落后，而且犯罪率极高，因此这里的孩子们总是被关在家里。于是高楼林立、霓虹灯闪烁的曼哈顿就成了他们心目中一个近在咫尺却又遥不可及的梦想之地。所以，一个现代都市版童话故事的发生地，实在没有比曼哈顿更合适的了。萨拉是个聪明、敏感、有想象力的女孩，但她的母亲艾伦夫人却是个自我禁锢的典型，她每天从事的是照顾老人的枯燥工作，除了天气预报什么也不关心，鄙夷一切神奇的事情，除了和邻居聊天外，唯一的快乐就是不停地做萨拉和外婆早已厌烦了的草莓蛋糕，以博取邻居和朋友们的赞赏，满足一下可怜的虚荣心。她父亲艾伦先生是个水管工，和他那些朋友一样成天嘻嘻哈哈，只知道聊棒球。唯一年龄相仿的玩伴罗德，也是个只知道吃和欺负女生的家伙。萨拉从小在父母的吵闹声中长大，早就觉得生活无聊透顶，但一个素未谋面的人改变了这一切。外婆的男友奥雷里奥先生送给她三本旧童话书、一张曼哈顿地图和一套识字拼图，为她构建了一个现实生活以外的神奇的世界——图书王国，让她可以一边盯着家里的墙壁，一边在那个精神世界中神游，以至于让妈妈觉得她有精神病。但即使是这种快乐，也因奥雷里奥的离开而消失了。好在萨拉的外婆是个有趣的人，她年轻时是个歌星，过着萨拉向往的生活，她特立独行，从不说教，还会讲故事，更关键的是，她住在曼哈顿。于是几年以后，每周一次给外婆送蛋糕的旅行成了萨拉最大的快乐，可惜妈妈总是阻挠她和外婆聊天，途中也不让她探知神奇的曼哈顿并且思考问题。但在一次无聊的生日聚会之后，父母要去给约瑟夫叔叔奔丧，把萨拉暂寄在邻居泰勒夫妇家，于是机会来了，一次成人礼式的冒险即将发生。

在故事后半部一开始，作者并没有直接描述萨拉作为新时代的小红帽在钢筋水泥的丛林中的历险，而是先交代了两位重要的人物：卢娜蒂奇小姐是一个原版《小红帽》里不存在的人物，她的出现给故事增添了一些魔幻现实主义的意味，这位神仙教母式的人物是自由女神的设计师巴托尔迪的母亲，活了一百多岁，她同时也是自由女神的原型及化身，但除了后来向萨拉展示自由女神的真容之外，她自始至终并未真正展示任何神迹，而只是用自己的信念去鼓舞她所遇到的人，使他们重燃生活的希望。作为现实中的人，她也会彷徨和失落，但很快就能重新坚定起来继续向前。而作为小红帽故事中必不可少的角色——"狼"，伍尔夫先生，却既不狡猾也不贪婪，他只是一个拥有无限财富，既始终孤独无助，而又庸人自扰的可怜人而已。

萨拉重新出场时，她的历险已经开始。但尽管她对曼哈顿已经了如指掌，而且身上有钱，对自由渴望已久，可她还是因恐惧而止步不前，好在卢娜蒂奇小姐的出现化解了这一切。聪明的萨拉很快发现了卢娜蒂奇小姐的秘密，并且与她订立盟约，重新上路并且巧遇伍尔夫先生。这次不需要猎人出场了，因为"狼"没有吃掉小红帽，只是尝了她的草莓蛋糕；也没有吃掉小红帽的外婆，而是重拾了一段久违的爱情。但萨拉很快发现，她所向往的豪车之旅并不能带给她真正的快乐，因为司机彼得虽然是个有梦想的人，但他不但无法实现自己的梦想，还会阻挠别人去实现梦想。于是在故事的结尾，萨拉义无反顾地跃入卢娜蒂奇小姐的秘密通道，奔向了自己的终极目标——自由。

其实整个故事还有很多问题没有交代，比如卢娜蒂奇小姐后来去了哪里？萨拉会不会成为卢娜蒂奇小姐的继承人？她又怎样才能做到？伍尔夫先生后来得到草莓蛋糕的配方了吗？他和萨拉的外婆好下去了吗？萨拉后来回家了吗？她父母回来见不到她会不会着急？……但在作者看来，这一切似乎已经不再重要了，因为故事的主人公已经找到了问题的答案，一个只有她自己才懂的答案，何不就用一句谁也听不懂的"米兰福"来结束一切呢。

应该说《曼哈顿的小红帽》不是儿童睡前故事式的童话，它同样适用于成人；或者说它就不是一部真正意义上的童话，而是作者对现代社会的一种反思和探索。试想在我们目前正在经历的一个高速度、高压力的城市化社会中，谁没有经历过萨拉那样的困境，甚至比它更为夸张呢。在一句"不能输在起跑线上"的口号下，很多孩子甚至未出娘胎就被灌输了很多诸如唐诗宋词、古典音乐、英文字母，甚至九九乘法表之类的东西，此后更是被禁锢在教室以及各种兴趣班、提高班、补习班还有自家的屋子里。外面的世界虽然五光十色，却因充满危险而与他们无缘，他们只能像萨拉一样，想象着在不受父母干扰的情况下尽情玩耍，或者沉迷于虚拟的网络和游戏世界中无法自拔。而即使长大独立以后，也必须承受着生活的压力，像彼得一样为五斗米折腰，有梦想也无法实现，只能在想象中过一把瘾，然后过着每天都一样的生活，最终失去梦想，变成艾伦夫妇那样无趣的人。即使成为万众瞩目的成功人士，哪怕如伍尔夫先生般富有，也不一定能享受到财富所带来的快乐，还是会被生活中无穷无尽的烦恼所困扰，进而迷失自我。这个问题如何解决，作者貌似告诉了我们，却又好像什么也没说，也许答案就在故事之中，需要我们像萨拉一样自己去寻找。借用作者在篇末的点睛之笔来说就是：

我们作为人类，既不神圣也不平凡；我们的生命既不永恒也不短暂；我们应该本着自由的精神，按照自己的意志，去创造属于自己的完美生活。

译者

2014 年 8 月 11 日于北京